心遊萬仞

現代詩的
觀看模式與空間

余欣娟 著

自序

　　一本書的完成，總有其動機以及歷時性關懷。我長久以來，對於人如何觀看這世界，形成流動或僵固的自我，有著濃厚興趣。這世界在眾人口中有時凝固地像是一個樣，有時卻變幻不定、千差萬別。一位詩人終其一生若只關心一個主題，他究竟想要回答甚麼問題？還能不能翻出新意？倘若一位詩人寫出各種主題，在形式上推陳出新，但會不會在深層結構上，其實重複著相類似的觀看？我懷著對詩人的敬意以及對這世界初初的好奇，展開現代詩的觀看模式與空間研究。

　　這本書所收錄的論文，都已在研討會或期刊論文發表過，受益於許多匿名審查委員與討論人，在此表達感謝。這些篇章都經過再三修改才做集結；但有些非常寶貴的意見，在難以更動整體論文架構下，我仍力有未逮，但銘記在心，日後當再另篇處理。

　　最後，我想向顏崑陽教授致敬以及表達深深的感謝，作為學徒，長久以來，一直蒙受老師的教導與啟迪。顏老師所建構的「人文學方法論」和「詮釋的多向視域」提升了我的觀看

視野，使我契入古典存在情境，進而反思現代。我所在職的臺北市立大學一直提供良好的研究與教學環境，讓我得以安身立命。此外，我也要感謝家人長久以來的支持，特別是母親無條件的愛，讓我能逸出框架，蓬鬆自己。為學不能無友，沛淇、珮芸以及觀點讀書會超質感的鄉親們，都令我感到生命自然暢快，話語得以安棲。人生何其有幸！

目次
CONTENTS

第一章
CHAPTER 1

緒論

在文學的表現上，創作者縱然撰寫眾多不同的主題內容，但他所觀看事物的角度卻很可能受制於慣有模式，而產生相類似性。

所謂「觀看模式」的研究意味著，我們企圖從語言層解析其架構，進入創作者想像活動的心理層，歸納出創作者特定的詮釋視域，而這包含了現實的生命經驗和文化價值體系。
這個詮釋視域將會影響創作者，如何看待物色、如何觀物取象以及部署物色、再現空間。

　　陸機〈文賦〉云，「精鶩八極，心遊萬仞……觀古今於須臾，撫四海於一瞬」，這是指心感外物，落實語言層次前的內在構思活動。「心遊萬仞」傳達了創作者不受現實所拘，馳騁幻想，超越時空限制。而「心遊萬仞」這句話，也正好可以用來闡述本書想要關注的主題：創作者究竟是以何種觀看角度、模式，悠遊寰宇；又如何觀物取象，於紙上再現所思所感，築構出一個意識想像的文學空間。

　　「模式」是指這行為不斷重複，而產生特殊性意義。我們可以藉由思考創作者的空間意象，探論創作者在歷時性或不同主題的作品，是否可以歸納出一個深層的、慣有的觀看模式。而這觀看模式有可能會隨著創作者身處外部社會環境或生命歷程而改變。本書所有篇章的共通點，就是為了探究文學作品中的觀看模式，以及創作者如何透過文字將想像轉換成敘述。而這當中可能重疊了現實的空間、想像的空間以及文化的空間等等。

　　「觀看模式」是指擷取事物認知的視角，形成一種重複性且具意義的行為模式。藝術想像活動常因審美主體而產生個別差異，同樣的「物色」，很可能取決於每個人的感受性、審美力的強弱，而開展不同的心象風貌。約翰・伯格（John Berger）在《觀看的方式》提到：「攝影師的觀看方式，反映在他對題材的選擇上。畫家的觀看方式，則可根據他在畫布或

畫紙上留下的痕跡重新建構。不過，雖然每個影像都具現了一種觀看方式，但是我們對影像的感知與欣賞，同樣也取決於我們自己的觀看方式。」[1]即便身處同樣的社會脈絡，每個人的感受性卻不同，這是個體的情境差異所致。鄭毓瑜研究古典文學現象時，也著眼在創作者如何觀看事物上，進而闡述「如果任何對於事物的認知，其實都是來自於看待事物的模式，是因為具有連結相似性的觀看方式，因此出現可以被認知的事物」，「亦即模式決定了眼見，感知的內容往往是透過模式框架所組構而成」。[2]因此，在文學的表現上，創作者縱然撰寫眾多不同的主題內容，但他所觀看事物的角度卻很可能受制於慣有模式，而產生相類似性。

　　所謂「觀看模式」的研究意味著，我們企圖從語言層解析其架構，進入創作者想像活動的心理層，歸納出創作者特定的詮釋視域，而這包含了現實的生命經驗和文化價值體系。這個詮釋視域將會影響創作者，如何看待物色、如何觀物取象以及部署物色、再現空間。

　　當人居處「空間」中，身體就開始不斷感知這空間性的實

---

[1]　〔英〕約翰・伯格（John Berger）著，吳莉君譯：《觀看的方式》二版（臺北：麥田出版，2016年），頁13。
[2]　鄭毓瑜：〈替代與類推〉，《引譬連類》（臺北：聯經，2012年），頁225。

體上下方位以及周遭景觀，於是在心中築構出一個範疇。倘若
居處的空間，再經過「時間積累」，便會開始產生「地方感」
與「歸屬感」。「地方」的取向指出了「歸屬感」，當人某些
特定行為在特定地方重複出現，便產生特殊性；這個特殊性有
助於人們認同這個地方，也以此界定自己、認識自己。經過長
時間累積，「地方」也將成為一種共同經驗的支柱，連繫在此
空間的人群。[3]當我們說「地方」一詞時，意味著這個上下左
右的實用「空間」，不僅僅可指涉方位，並且還在我們的「經
驗」中，涉及了文化性與社會性，涵蓋了性別、社會階級、文
化經濟、後殖民等層面，尤其透過具有象徵意義的地景，可
創造出國族空間。[4]郭慈恩就認為香港「維多利亞港」就常被
當作是一個「主導、表象性並具策略性的角色」，因為它代

---

[3] 詳見〔英〕麥克・布朗（Mike Crang）著，王志弘等人譯：《文化地理
學》（臺北：巨流，2003年），頁136-137。

[4] 我們從家中的住宅型式、空間配置也可看見文化經濟以及性別關係，
「譬如中世紀商人住宅，有緊鄰街道的前面／商務的房間，在上方或後
方有儲藏室，然後在此上面是『家庭』房間，再上面或許有工作坊，這
是整合了產業與家庭生活的空間。在不同的時空中，商業工作轉移了工
廠。不同形式的工作在不同時候移離。這影響了性別關係，以及賦予其
工作的價值。……家可視為性別化地景的一部分，支撐了工作男性薪水
的觀念，視其為『家計負擔者』，也支持了家乃『女性領域』」。此
外，國家權力常透過創造具有象徵意義的地景，連結領土，創造出國族
空間；而居處後殖民的政體，也會透過獨特地景的塑造，重新編納殖民
權力中心。〔英〕麥克・布朗（Mike Crang）著，王志弘等人譯：《文
化地理學》，頁36-37、48、146。

表了香港從1842年之前的小漁港，經1942年鴉片戰爭開埠，再到五六十年代成為製造中心，搖身一變成了現代化的國際都市；而這樣的歷史敘述其實帶著殖民地主義以及資本主義的觀點。[5]

此外，「空間移動」也常伴隨著文化現象，諸如移民、殖民、流亡、貶謫、旅行、探險、商賈、征戍、出使等等，而人只要一離開「原有的居所與生存空間，便會暴露在外界的變動之中，周遭世界的異質性，使人不得不改變其對應世界的方式。」這也是人與世界關係的改變。[6]蕭蕭《空間新詩學》就從隱喻意象擴及詩中的空間設計，以此關注詩人群林煥彰、隱地、林亨泰等人居處在都市、鄉鎮郊野或者因為空間移動而產生的地文書寫。[7]

而本書所要討論的作家群像中，洛夫的作品就顯著與他的空間移動有著密切關連。他在1949年被迫來臺、而後又離臺居住溫哥華，這兩次遷移的生命經驗，促使他的詩作總帶著「漂泊」而起的自我失落感，「自我」也常感覺被放逐於「群

---

[5] 郭恩慈：〈香港論述：不只維多利亞港〉，收入王慧麟等編著：《本土論述年刊2009：香港的市民抗爭與殖民地秩序》（臺北：漫遊者文化，2010年），頁11-12。

[6] 王瓊玲：〈導論：空間移動之文化詮釋〉，王瓊玲編：《空間與文化場域：空間移動之文化詮釋》（臺北：漢學研究中心，2009年），頁1-2。

[7] 蕭蕭：《空間新詩學》（臺北：萬卷樓，2017年）。

體」之外。王德威曾就臺灣文學語境中這類「落籍他鄉」的書寫，表示：這不僅是作者個人的傷逝，多半也藉由「回顧鄉土國家、歷史文化、意識形態、宗教信仰」的過程，擴展成「失去、匱乏、死亡」等形上命題。[8]對比前述洛夫，周夢蝶則屬非典型的放逐書寫，我們幾乎無法直接從詩作的內容義解讀其放逐感；不過卻可以透過語言形式以及生命觀看下的空間認知，逼顯出「根源」及「家」的意象類聚，進而觸碰深藏於書寫底層的心靈結構。

　　人一旦離開原有住所，周遭的異質性往往影響了我們對日常生活的判斷與知覺，即便這「空間移動」是屬於自願性的出國留學或工作，也會造成上述放逐感受。楊牧在詩集《海岸七疊》中的〈詩餘〉便表述他與妻子夏盈盈在1979年夏天從普林士頓回到西雅圖，「我們在一個山坡上找到了定居的地方，結束我多年的流浪生活──我覺得是流浪，雖然有人會認為我太誇張──身心雙重的流浪。我們住了下來，安寧，靜謐，快樂。」[9]而此時，楊牧詩作的書寫從《海岸七疊》開始，時常提及家鄉花蓮，並且轉以擷取一種肯定的、穩定的信仰快樂。

---

[8] 王德威：〈序／時間與記憶的政治學〉，《後遺民寫作》（臺北：麥田，2007年），頁13。

[9] 楊牧：〈詩餘〉，《海岸七疊》二版（臺北：洪範書店，1984年），頁128。

陳義芝就表示花蓮頻繁地出現在楊牧的現實際遇跟心靈構想，以楊牧的話來說，花蓮代表他的臺灣；而楊牧也代表臺灣那個年代的留學生。[10]當楊牧遠離家鄉，卻開始以文字逼顯家鄉，使其越來越清晰，而且蘊含著根源的、穩定的、快樂的意象；花蓮對於楊牧而言，顯然具有特殊的空間意義。

　　瑞夫（Relph）以地方關係界定了四種空間意義：第一種為「實用」空間（pragmatic space），由身體處境所組成（如上下左右）；第二種是感覺空間（perceptual space），由觀察者為中心，由觀察者所見的事物、意象所組成；第三種是存在空間（existential space）則除了上述感覺空間，還有文化結構、社會意義存在；第四種認知空間（cognitive space）則是抽象地塑造空間關係。[11]

　　在本書的現代詩研究中，身體處境的實用空間已經是經驗，是時間的過去式，我們要談的是落實於語言層述說後的文字再現。我們研究處理的空間意義包含了「感覺空間」、「存在空間」以及「認知空間」。在「感覺空間」部份，我們探究了創作者如何部署物色，櫛比鱗次，築造出所要述說的空間情

---

[10] 陳義芝：〈家鄉的想像與內涵—楊牧詩與花蓮語境〉，收入《風格的誕生：現代詩人專題論稿》（臺北：允晨文化，2017年），頁149-150。

[11] 詳見〔英〕麥克・布朗（Mike Crang）著，王志弘等人譯：《文化地理學》，頁146。

境。例如楊牧〈砂婆礑〉擷取了河邊生態的小昆蟲以及植物，描摹他們日常生活的動態，視野由上而下，具體而微；那些雲、山坳、魚、水薑葉，以及停駐在河面上的長腳蚊，都在這大自然的循環流轉中，展示了生命的勃發與殞落。而楊牧詩中的自然圖像交錯了童年記憶，展示了內心對過往山水圖像的綜合性感受，整體空間情境流露出一種對生命的崇敬，物物各在其自己的和諧美感。當楊牧敘述他的家鄉在哪裡時，也運用了「認知空間」，例如〈接近了秀姑巒〉中，「越過了奇萊山，他就離開了花蓮的境界」，「無數的檳榔樹便圍成一個家園，綠竹和麵包樹參差其間……檳榔樹外是蔬菜園，離房子更遠的才是稻田」，這些認知空間都與楊牧的生命經驗有著密不可分的連結，這也促使他以「奇萊山」、「檳榔樹」作為疆界，劃分「家園」範疇。

　　家園書寫，一向是複雜的。文字如何創造了「家園」，往往牽涉到人與地方的情感，以及離家、返家，落地生根等人生歸處，又或者涉及形而上的生命存有。不論是喪失家園或回返家園，家園書寫往往涉及了現實經驗中的地方或者想像虛構而成的樂園。段義孚在《逃避主義：從恐懼到創造》中詮釋人對現實環境的感受，「在所有的生靈中，只有人類在殘酷的現實面前選擇了退卻」，「逗留在虛幻的世界中，少了些壓力，少了些束縛，因而也少了些真實」。這種逃避現實的空間移動，

不論是從城市到自然，或者從現實轉移到虛構想像世界，都是為了重建地方模式或秩序，以獲得安慰。[12]鯨向海的書寫，就往往以「夢」作為樂園想像。他為了棄絕不幸的現實空間，常潛逃至虛構的書寫，將自身與讀者一起安頓在夢境，再重新安排一個理想的、成功的述說版本。

段義孚在《空間與地方》認為人對家園的依戀，也許會因為歷史或文化差異有所不同，但大體上聯繫越多，情感紐帶就越緊密，而如果民族與大自然連結在一起，那麼它就會成為一種「情感依附」、「神聖的地方」。這就是我們常用某個具有高度可見度的作為「地標」，用以替代、表述家鄉。[13]例如，楊牧選以「奇萊山」作為「花蓮─臺灣」的地標，這同時也是楊牧書寫中一種神聖不可替代的凝視、永恆的理想性。而梁秉鈞則有意識地「反中心性」，他放棄了「城市的重要（象徵）標的物」──維多利亞港，離開高樓，進入小巷，他取用了瑣碎的生活斷片，用不顯眼的空間細節來築造香港。在他詩作中，美好的家園隱身在殖民文化時，那些已然消失不可得的「過去」。梁秉鈞刻意避開殖民敘述下的地標，迴避了資本主

---

[12] 〔美〕段義孚（Yi-Fu Tuan）著，周尚義譯：《逃避主義：從恐懼到創造》二版（新北市：立緒，2014年），頁3-5。
[13] 〔美〕段義孚（Yi-Fu Tuan）著，王志標譯：《空間與地方》（北京：中國人民大學出版社，2017年），頁130。

義以及殖民主義的歷史敘述，然而這些殖民建物卻的確也進入了他的日常空間生活，成為地方記憶的一部份。因此在梁秉鈞詩文當中，他雖然著重寫庶民經濟日常，但也並不批判這些殖民地景。梁秉鈞書寫香港，總像是一位漫遊者，以步行的方式觀看這座城市。他就像是十九世紀常見的巴黎小說人物，評論著、觀看著這個現代城市，看新興購物空間、流行商品，記錄著城市的忙碌、狂熱，甚至帶著暗亂。[14]他選擇以成堆的花布衣物、雜貨店的瓶罐堆砌，組織成殖民下「日常瑣碎」與「物件堆疊」的香港印象。

我們如果再更細部來看，意象如何築造出家園的概念，其實也就是我們自身對自我認知的再現。巴舍拉在《空間詩學》談到「巢」時，表示「我們重回老屋一如回到舊巢，那全是因為過往如夢，因為往日之屋已成了一個巨大的意象，成為失落的親暱感的巨大意象」，他又引述米什萊（Jules‧Michelet）關於「鳥兒的建築」的一段話，這段話十分迷人而感性地說出家園的築造與私密性，「為了身體而建造的家屋，應該像個介殼一般，從內部勾勒形狀，在身體自然活動的私密感裡營造。

---

[14] 在城市經驗當中，人們很容易接觸大量刺激、新奇的事物。在十九世紀的巴黎，作家開始書寫居處在這環境下的人物，他們熱衷散步、觀察、評論在這城市運轉的所見所聞，快速的流行商品、展售空間。參見〔英〕麥克‧布朗（Mike Crang）著，王志弘等人譯：《文化地理學》，頁71。

窩巢的形態及是從內裡決定的」，「這棟家屋即是其本人，其外型、其最直接的成就，甚而可說是其苦難」。因此，當創作者以意象群堆砌出家園的圍籬，就像是鳥兒依據自己的身軀築巢，這是非常個人而私密情感；是故我們看待這些家園書寫，並不需要按照地圖索驥，丈量其是否客觀準確。

　　我們的研究目的在於透過這些描寫空間的詩作，分析，詮釋並建構出創作者的觀看模式，而這模式可以是個別作家之研究，但也可代表某一族群在文化歷史情境下的群體共相，以建構出不同的時代觀看，與創作者的心靈模式下的共相與殊異。所謂的「心靈模式」依據顏崑陽的定義，所指的是「乃指諸多個別主體對應於同一價值性之文化現象而引生之感情經驗、意志趨向、觀念思維、凡此精神性之心理活動皆表現出共同特徵而形成固定規模型式之存在現象」。[15]此一心靈模式不僅是在詩作內容呈現，更展現在「語言結構」的模式上，因為「形式」不只是承載意義，本身就具有意義。「語言結構」所指的就是其意象在譬喻連類時的可相關事物，例如女詩人在妊娠處境以及逐步「成為母親」的過程中，如何重新觀看自己與開展、面向世界。舉例來說：她們觀察、處理事物的優位順序，以及如何照護自己，甚至包含了時間、空間性的改變，觀象

---

[15] 顏崑陽：〈論漢代文人「悲士不遇」的心靈模式〉，收於《漢代文學與思想學術研討會論文集》（臺北市：文史哲，1990年），頁210。

取譬等等。在文學創作上,創作者雖然各自有著不同情境,但妊娠以及成為母親後,很可能她們觀看事物的角度卻是相類似的。

依據上述,這本書的研究進路,預計從語言層的譬喻類,觀察創作者如何觀物取象、類比認知,連結周遭物類、人事、相互組織的空間部署。因此,從研究步驟來說,就是從語言層的譬喻連類,深究其心理層的審美判斷、道德判斷(創作者的心靈模式),並推及實有層之社會文化面向。

本書的篇章主要是建構出創作者的觀看模式,個別作家有洛夫、梁秉鈞、楊牧、周夢蝶以及鯨向海,最後則處理了妊娠詩的主題性研究。在個別作家研究中,我們從對洛夫「古詩新作」的同題架構下,可以看見現代詩與古典詩觀看角度的時代差異。洛夫《唐詩解構》企圖對舊體詩「重新詮釋」與「再創造」,不過洛夫並無意復古,他意識到現代與古典之間的銜接是在於「意境」,因此他想要以現代語言形式、有時則帶入現代語境,重新理解、釋放古典詩當中的神韻以及意境。當洛夫改動形式結構時,其實也帶入了典型的放逐意識,這使得他觀看世界採取孤絕的模式。因此在這一部分,我們計畫研究洛夫解構唐詩,進行詩的再創造後,賦予新作成為何種具有洛夫生命史的觀看解讀?其在形貌與神韻當中的改動又是如何?造成何種審美趣味?以及在空間部署上如何開展其意境?

　　從梁秉鈞「反中心性」的香港觀看，我們可以看到空間部署背後的文化歷史。當梁秉鈞採取「不顯眼的」、「日常瑣碎」、「物件堆疊」的特殊視角以及空間書寫，實則這牽涉到香港被殖民的歷史和高度資本化下的空間文化。在這部分將以「空間隱喻」切入，探析梁秉鈞詩中，人與地方之間的情感、文字如何創造了「家園」，並設問了在殖民底下，「樂土在哪？」的命題。

　　相較於前述洛夫常表述自身身體與精神上的雙重流亡，周夢蝶的詩作幾乎不談「思鄉記憶」，也不談「失根」，他所關心的「孤寂感」比較著眼在生命的無常以及身而為人的無能為力。他的詩作在《孤獨國》時期之後，大量出現「坐」與「走」的動詞結構，這樣的書寫方式或許與他長年思索人生苦難相關。因為「坐」隱含「安置」、「環顧四周」，而「走」則具有「起始」、「終點」，同時往往也隱含了「人生時間的縱向」與「歷程性」。因此，在這部分，我們將從「坐」與「走」的語言形式，看見周夢蝶詩的空間隱喻及儀式性的空間結構，並探索周夢蝶詩的「根源」及「家」意象。

　　研究楊牧的空間書寫時，則是將他放在山水類型化書寫下，進行觀看模式的比較。山水詩是古典文學中具有相當文化傳統的文學類型，主要發展自中國魏晉時期，當時居處城市的詩人為了避世避亂，引遁山林，藉詩作談玄山水，顯現人與

自然之間的物我互觀、情景交涉。臺灣現代詩在上述文類脈絡下「前有所承」，而在臺灣的歷史語境下，「後有所創發」。臺灣現代詩中的山水也必然蘊含了詩人與當下時間、空間互為因果的關係性脈絡以及歷史語境。楊牧深具古典涵養與歷史意識，因此當他以山水作為主題或背景書寫，或以花蓮的「奇萊山」追述童年乃至建構主體之形塑，都不僅僅是鄉愁而已。因此，在這部分，我們擬從「楊牧的歷史意識」切入，作為詮釋文本的關係限定；使楊牧的山水書寫放置在傳統山水詩的脈絡上，同時清楚顯現楊牧的山水家園是他個人具有歷史意識下繼往開來的具體展現。

　　鯨向海是從網路媒體崛起的，他的書寫總是準確地面對他的意圖性讀者。讀者彷若是與他同病的患者，這些讀者透過詩作，與之共感共契。他在《精神病院》乃至《犄角》不斷談到「讀者粉絲」對自己的影響與重要性。「讀者粉絲」就是前述特定的意圖性讀者，他們彷若取代了紙本詩刊的編輯者，檢視著作品是否合乎切合己意。在這一章節將針對這個現象，建構出鯨向海的詩意模組，試圖回答下列問題：他所預設的「意圖性讀者」為何？他又運用了甚麼樣的情緒命題，形成特定的觀看模式，使得他與讀者藉由「意象」，確認彼此共感，進而「相認」、「療癒」；他又如何在「夢／樂園」中，重述一個成功版本，以補償在現實的挫敗，讓讀者馴服、安頓在言語的「夢／樂園」。

最後，女詩人的妊娠研究，借鏡了「主題學」的研究方法。陳鵬翔在〈主題學研究與中國文學〉提到：「主題探索的是相同主題（包含套語、意象和母題等），在不同時代以及不同作家手中的處理，據以了解時代的特徵和作家的『用意意圖』（intention）而一般的主題研究探討的是個別主題的呈現」，[16]因此在這部分之主題探討並非是個別作家之研究，而在於「妊娠知覺」所形成的「群體共相」。在這部分，藉由妊娠所展開的身體知覺書寫，將涉及母體自我認知的鞏固與移轉，並深入其關聯性的意象輻射，連類所有感官經驗與事物項類，將相互交織、相互補充成這對於世界的認知開展，也包含了孕育胎兒的空間——子宮的身體感。以此顯現女性身體感知乃至書寫的「動態變遷」與「妊娠總體情境」的世代異同。

　　這本書所收錄的論文，都已在研討會或期刊論文發表過，第二章〈孤絕而就遠——論洛夫《唐詩解構》〉原題〈論洛夫《唐詩解構》的空間部署與觀看模式〉，發表於「文心千古事，道言尋常理」學術研討會」。第三章〈殖民與樂土的錯位——論梁秉鈞「反中心性」的香港觀看〉原題〈殖民與樂土的錯位：論梁秉鈞詩的空間隱喻〉，發表於《彰化師大國文學誌》。第四章〈俯仰追憶——論楊牧歷史意識下的山水家園〉

---

[16] 陳鵬翔：〈主題學研究與中國文學〉，《中外文學》第12期（1983年12月），頁74。

原題〈再論楊牧詩中的山水家園〉，發表於「2018儒學與語文學術研討會」。第五章〈「坐」與「走」——論周夢蝶生命觀看下的空間認知〉原題〈「坐」與「走」的儀式性——論周夢蝶詩的空間隱喻〉，發表於《儒學研究論叢》。第六章〈再述說一個成功版本——論鯨向海療癒系的樂園模式〉，發表於〈論鯨向海的詩意模式〉，「臺灣1970世代詩學研討會」第七章〈肉身空間——論60世代女詩人妊娠書寫〉原題〈此岸彼岸——論60世代女詩人的妊娠書寫〉，發表於「一九六〇文學世代與文學主題」學術研討會。[17]在此一併交代說明。

---

[17] 第二章〈孤絕而就遠——論洛夫《唐詩解構》的空間部署〉原題〈論洛夫《唐詩解構》的空間部署與觀看模式〉，發表於「文心千古事，道言尋常理」學術研討會」，臺北市立大學中國語文學系主辦，2019年5月25日。第三章〈殖民與樂土的錯位——論梁秉鈞「反中心性」的香港觀看〉原題〈殖民與樂土的錯位：論梁秉鈞詩的空間隱喻〉，發表於《彰化師大國文學誌》第34期（2017年06月），頁97-117。第四章〈俯仰追憶——論楊牧歷史意識下的山水家園〉原題〈再論楊牧詩中的山水家園〉，發表於「2018儒學與語文學術研討會」，臺北市立大學儒學中心、中國語文學系主辦，2018年11月30日。第五章〈「坐」與「走」——論周夢蝶生命觀看下的空間認知〉原題〈「坐」與「走」的儀式性——論周夢蝶詩的空間隱喻〉，發表於《儒學研究論叢》第8期（2017年06月），頁43-56。第六章〈再述說一個成功版本——論鯨向海療癒系的樂園模式〉，發表於〈論鯨向海的詩意模式〉，「臺灣1970世代詩學研討會」，國立臺北教育大學主辦，2018年12月1日。第七章〈肉身空間——論60世代女詩人妊娠書寫〉原題〈此岸彼岸——論60世代女詩人的妊娠書寫〉，發表於國立臺北教育大學通識中心、語文創作學系主辦「一九六〇文學世代與文學主題」學術研討會，2013年11月16日。

第二章

孤絕而就遠
——論洛夫《唐詩解構》的空間部署

洛夫在詩中採取補述情境，調度空間，呈現深刻的「孤絕感」——
他以古典詩「註解自己」，發出自身對生命、對歷史，以及因
「漂泊」、「流離」而產生的切身之問——

一、古詩新鑄的運用

　　現代詩以古典作為素材再創作，早在七〇年代就開始逐漸形成浪潮，詩人余光中、洛夫、鄭愁予以及楊牧都在此列。鄭明娳在〈現代詩中古典素材的運用〉就指出余光中有意識把自己塑造成一個古典精神的傳薪者。[1]目前學界研究現代詩中的古典意象，大致以「素材」作為詮釋視域，例如句法節奏、押韻、修辭以及意象與意象之間的開合鬆緊、比興寄託。前輩學者游喚〈論舊詩予新詩之啟示〉、鄭明娳〈現代詩中古典素材的運用〉、李瑞騰〈洛夫詩中的「古典詩」〉，以及翁文嫻〈「興」之涵義在現代詩創作上的思考〉，以及鄭慧如《現代詩的古典觀照：一九四九至一九八九‧臺灣》與丁旭輝〈臺灣現代詩中的《莊子》接受與轉化〉等，都已有豐碩的研究成果。[2]

---

[1] 鄭明娳：〈現代詩中古典素材的運用〉，《當代文學氣象》（臺北：光復，1988年），頁184。

[2] 游喚：〈論舊詩予新詩之啟示〉，《古典文學》第4期（1982年12月），頁137-157。鄭明娳：〈現代詩中古典素材的運用〉，《當代文學氣象》（臺北：光復書局，1988年）。李瑞騰：〈洛夫詩中的「古典詩」〉，《聯合文學》第5卷第2期（1988年12月），頁122-129。翁文嫻：〈「興」

　　所謂「素材」是將「古典意象」視作創作詩歌的材料。
這類詮釋方法從作品的修辭，語言結構來判斷此古典「素材」
放置在現代詩中的擴寫、改寫、反義等。此研究成果可呈現
古典素材在現代中，如何因表現方式的不同而產生若干新意。
鄭明娳認為古典素材在現代詩中的衍義關係，可分為「援引」
與「詮釋」，而在「援引」部分又可再細分為「古文再現」、
「古意重鑄」與「古事新作」；另外在「詮釋」部分，則可區
分為「古人新作」與「古詩新作」。[3]

　　六〇年代，洛夫譯介法國超現實宣言，他試圖撇去作為主
義的中心信仰──「社會革命」，而將「法國超現實主義」抽
離出「語言形式技巧」。[4]《石室之死亡》是他此時「純粹詩
質」的一個里程碑。爾後，洛夫歷經1961年底與余光中「天狼
星論戰」後，開始反思、調整高密度、高稠度的意象，他不再

之涵義在現代詩創作上的思考〉，《創作的契機》（臺北：唐山出版
社，1998年），頁71-99。鄭慧如：《現代詩的古典觀照：一九四九至
一九八九‧臺灣》，國立政治大學中國語文學系博士論文，1995年。丁旭
輝：《臺灣現代詩中的《莊子》接受與轉化》，國立中山大學中國文學
系博士論文，2009年。

[3]　鄭明娳：〈現代詩中古典素材的運用〉，頁185-186。

[4]　「五、六十念代臺灣超現實詩和法國超現實詩的最大的差別在於前者並
沒有以文學革命作為社會改革藍本的企圖。」奚密：〈邊緣、前衛、超
現實──對臺灣五、六十年代現代主義的反思〉，《現當代詩文錄》
（臺北：聯合文學，1998年），頁163。

僅強調語言形式的創新，而轉向貼近熟悉的現實經驗。洛夫在
《無岸之河》的自序表示，此時詩作轉變的最大特徵就是「盡
可能放棄『文學的語言』，大量採用『生活的語言』」。[5]張
漢良亦評價「魔歌」時期的詩作〈長恨歌〉是繼《石室之死
亡》後，最龐大、成功的作品，其行段形式複雜、意象結構嚴
密、用字精煉、敘述過程濃縮，「跳出了『石』詩的生死玄
想，拋開了《外外集》以後日常生活的瑣事，甚至擺脫了個人
經驗與鄉愁，而回過頭來正視浩瀚的中國歷史與豐富中國文
學傳統，透過新的價值觀念，與文學技巧，加以批判與再處
理」。[6]如此轉變，洛夫亦在多篇文章〈超現實主義與中國現
代詩〉、〈我的詩觀與詩法〉、《無岸之河‧自序》闡述過中
國的「禪」與法國「超現實」的融通性。

　　洛夫在2011年集錄了自己兼融「禪」與「超現實」的詩
作，自定名為《禪魔共舞》，而近作《唐詩解構》就是為了
鍛接現代詩與古典之間；更積極來說，他或許有意展示古典新
作的寫作範本，以現代語言重新表述，賦予經典新的意象生
命。[7]洛夫《唐詩解構》大部分屬於「詮釋」部分的「古詩新

---

[5] 洛夫：〈自序〉，《無岸之河》（臺北：大林文庫，1970年），頁6。

[6] 張漢良：〈論洛夫後期風格的演變〉，收入蕭蕭編：《詩魔的蛻變》
（臺北：詩之華，1991年），頁140-141。

[7] 洛夫在《唐詩解構》後記〈詩性的另類思考〉提到這一系列的「古詩新
鑄」詩作，「乃我個人從事詩歌創作以來另一項突破性的實驗工程，一

作」。他在《唐詩解構》後記〈詩性的另類思考〉提到自己無意復古，他所進行的「古詩新鑄」是一項「突破性實驗工程」，企圖釋放封閉在對古典詩格律中的「神奇、神性、神韻」，重新變形再創造。[8]洛夫認為他對舊體詩「重新詮釋」和「再創造」，其重點在不在於傳承古典詩的格律形式，而是在「重新認識和建立人與自然的和諧關係」以及「尋回那失落已久的古典意象的永恆之美」。[9]

綜觀洛夫之言，他所意識到現代與古典之間的銜接是在於「意境」，此意境牽涉到以儒家為主的美學觀念，除了語言形構之和諧，同時也是體現人與自然之和諧關係，因此意境之深淺隱含了「價值性」的理想性，關乎這作者怎麼觀看世界，以及對待人與物、主與客。不過，所有的譯介、擬作都帶著當代的視域，因此本文欲研究洛夫解構唐詩，進行詩的再創造後，帶入個人觀看後，賦予新作成為何種「洛夫生命史式」的詮

種謀求對古典詩中神韻之釋放的企圖……這是一種對舊體詩的重新詮釋和再創造，一種試以現代語言表述方式、全新的意象與節奏，來喚醒、擦亮、激活那曾被胡適等人蔑視、摧毀、埋葬的舊傳統，並賦予新的藝術生命。」洛夫：〈後記—詩性的另類思考〉，《唐詩解構》，頁226。

[8] 洛夫：〈後記—詩性的另類思考〉，《唐詩解構》（臺北：遠景，2014年），頁228-229。

[9] 同前註，頁229、231。

釋?又如何運用空間部署,加以強調時間感,特別顯明返鄉、思親等的離別主題。

二、「孤絕」的觀看模式與審美

　　根據李瑞騰統計，洛夫《唐詩解構》中所精選唐詩共五十首，詩人二十五位，其中八成出自《唐詩三百首》，李白詩七首、王維詩五首；這些詩作主題多是普遍性題材「登高」、「返鄉」、「送別」，而離／回家（鄉）之作又與流離之作相結合。[10]「漂泊」、「流離」一直是洛夫詩中重要的核心母題，從《石室之死亡》到《漂木》層層各自開展的神性之辨、人之存有、乃至歷史觀照等命題都圍繞在此。簡政珍便指出詩集《漂木》以「漂木」為名，其明顯的題旨就是「漂流」、「流蕩」、「放逐」、「離鄉背井」。[11]這種因「漂泊」而起的自我失落感，常表現在自我被放逐於「群體」之外，這種「悲哀」涉及到「生死同構」的觀念。[12]洛夫〈車上讀杜甫〉寫在1986

---

[10] 李瑞騰：〈洛夫解構唐詩的突破性寫作〉，收入洛夫：《唐詩解構》，頁4、7。

[11] 簡政珍：〈在空勁的蒼穹眺望永恆的向度〉，收入洛夫：《漂木》（臺北：聯合文學，2001年），頁9。

[12] 費勇在〈洛夫詩歌的悲劇意識〉藉〈風雨之夕〉、〈生活〉二詩指出洛夫寫作的心路歷程，乃是「由漂泊而引起自我失落之感（找不到自己

年，這首詩以古典詩入現代，重新對話，將杜甫詩的時空語境對顯現今臺灣1949年後的社會語境。詩中引用杜甫〈聞官軍收河南河北〉為各節小標，以此作為各節的綱領，進行補述、反駁等。此種逐一依節對話的寫法，常見於現代詩之古題新作，如羅智成〈上邪〉、林婷〈上邪注〉、曾淑美〈上邪曲〉。[13]洛夫遙以杜甫詩同情共感，寫下自身飄零的現況。葉維廉認為從1957年的《靈河》到〈車上讀杜甫〉展示了詩人「游離或馳騁在一個同時充滿著歷史、文化和記憶的內在空間，一面作『時不我予』的感慨」，一面在血中苦待慘痛的蛻變。尤其〈車上讀杜甫〉中，洛夫車過長安東路、成都路，地理所見映

的位置、找不到自我價值實現之途徑），或者說，深感於自己被放逐於「群體」之外，最終引起它對存在意義的追尋，而這種心路歷程的歷史背景是：與大陸母體的切斷。」費勇：〈洛夫詩歌的悲劇意識〉，《洛夫與中國現代詩》（臺北：東大，1994年），頁99。

[13] 羅智成最早寫下〈上邪〉，他顛覆傳統情感之盟誓，逐一章節對應，揭開現代情感中黑暗不得見光的戀情；此時「長相知」成了一種「體溫」般的依存關係。而曾淑美詩則是「將原本作為誓言的山水化做軀體，例如山脈起伏比擬痛苦的胸膛，而江水則為眼淚，將所有向外擴展的言語全部內縮到身體上的種種感官以及對疾病的不適」。雖然曾淑美詩仍採取補述「長相知」之盟誓，不過詩人卻轉換了敘述者的「情愛姿態」，「在這首詩的敘述者不再義無反顧地悲壯，而是以一種「索愛」的姿態。林婷詩則每一章節都依附著漢樂府〈上邪〉作情境式的延伸補充，全詩切合漢樂府詩無論如何都要緊緊依存的關係。「詩中對於『長相知』的時間感，宛若是一種情人與情人之間的『凝視狀態』」。詳見余欣娟：〈現代詩的古典變異——以〈上邪〉概念結構為例〉，《儒學研究叢刊》第7期（2016年1月），頁129-145。

照杜甫聞收復河南河北之驚喜，突顯現實中兩岸之隔絕與眼見路名之「近鄉情怯」。[14]洛夫亦在《漂木》第一章就以「去故鄉而就遠」的「漂木」做為開端，以此自喻。

　　如此指出洛夫常以「漂泊」、「流離」作為核心母題之用意在於，詩人的生命情境深深影響著他的選詩以及詮釋視域、當洛夫以現代語言、現代語境、現代意象重新再現這些永恆不變的寫作母題時，他很可能是帶入自身對生命、歷史，甚至「漂泊」、「流離」等切身之問，以古典新作「註解自己」。因此洛夫在《漂木》的訪談記錄中自我剖析，他認為因為自己二度流放——從大陸來臺、又離臺居住溫哥華的孤獨經驗，促使著他一直思考「天涯美學」的書寫。所謂「天涯美學」的內容包含了個人的悲劇意識與民族的悲劇經驗相融合，以及人生存在宇宙之際的「宇宙遊客」之感。[15]洛夫長久以來也一直有意識地在探索如何熔接傳統與現代、東方與西方，以及當代與古代詩人的對話。[16]而洛夫選以《唐詩三百首》，解構唐詩，

---

[14] 葉維廉：〈洛夫論〉，收錄劉正忠編選：《臺灣現當代作家研究資料彙編：洛夫》（臺南：臺灣文學館，2013年），頁310-311。

[15] 蔡素芬採訪〈漂泊的，天涯美學——洛夫訪談〉，收入洛夫：《漂木》（臺北：聯合文學，2001年），頁284。

[16] 洛夫在2013年集結的《如此歲月‧洛夫詩選1988-2012》回顧自己的創作歷程，特別點出他如何有意識地熔接古典與現代，尤其在此本選集當中，已收錄十一首〈唐詩解構〉系列詩作。他試圖「保留原作的含蘊與意境，而把它原有的格律形式予以徹底解構，重新賦予現代意象和語言

重新創作，從他選詩的主題性以及選擇帶入的詮釋語境，都顯現濃濃的鄉愁與漂泊流離感。費勇認為洛夫詩歌的孤絕感、漂泊感或荒謬感來自於「個人的飄零」、「民族的劫難」、「歷史的滄桑」，再到「傳統的虛位」。[17]葉維廉認為《石室之死亡》中的意象「孤絕」感，散發著「死氣瀰漫的生命」、「凌遲的顫慄」、「駭人的靜止和純粹性」、「近乎野蠻的一種怪異的迷惑」、「鬼靈似的橫空的驚呼」。葉維廉又以《石室之死亡》第一首「我確是那株被鋸斷的苦梨／在年輪上，你仍可聽清楚風聲、蟬聲」，認為洛夫詩中常見的「切斷」、「創傷」、「生命無以延續的威脅，而歷史的記憶與傷痕則繼續不斷」的情境、意象不僅是個人的，而且也是社會的民族的。[18]我們可以說這是個人的命運也是這個時代之群體命運，而文化與歷史的積累原本就代表一種穩固的價值信仰，也因此當「傳統」被視為「靜態」，在時間上被切割成「過去」，也代表價值信仰的斷絕、崩毀。

節奏。解構新作與原作變成了兩件不同形式的作品，新作可能失去了原作中古典的韻律之美，但也可能增加了某些原作中沒有的東西，所以這也可以稱之為古詩的再創造。」洛夫：〈自序〉，《如此歲月》（臺北：九歌，2013年），頁16。

[17] 費勇：〈洛夫詩歌的悲劇意識〉，《洛夫與中國現代詩》，頁120。

[18] 葉維廉：〈洛夫論〉，收錄劉正忠編選：《臺灣現當代作家研究資料彙編：洛夫》，頁311、321。

　　更進一步來說，從《石室之死亡》到《漂木》，洛夫這種斷絕、孤絕，獨自一人、難以安適的總體創作情境，[19]也使得他詮釋唐詩時產生若干質變，呈現出不僅僅是現代詩與古典之對話，反倒是「洛夫生命史式」的唐詩解構。此類文人以注解著作來傳達己意的書寫現象，常見於古代箋著以及重新詮釋經典的衍伸性著書，如同郭象注《莊子》，董仲舒《春秋繁露》闡釋春秋大義，都是帶著當代的詮釋視域與作者注解著書的意圖性功能。王德威在《後遺民寫作》的序文，提到臺灣文學語境中，這類「落籍他鄉」的書寫，不僅是作者個人的傷逝，更是藉由「回顧鄉土國家、歷史文化、意識形態、宗教信仰」的過程，把「失去、匱乏、死亡無限上綱為形上命題」。[20]

　　我們稍微檢視一下《唐詩解構》當中涉及「離鄉」、「返家」、「思親」、「懷鄉」等主題的詩作，洛夫大部分採取補述

---

[19] 筆者在〈進入詩人琉璃（流離）色宇宙的幾個N個關鍵詞：洛夫篇〉一文的關鍵詞「安身立命」，提到「無法『定位』、『安置』的不確定感，充斥在〈石室之死亡〉，諸如死生、黑白、神聖世俗的對立、擺盪意象，都可以說是「無法安置」的系列延伸。而相隔多年後的〈漂木〉則回應了〈石室之死亡〉所開展的生命議題，從第一章「去故鄉而就遠」的「漂木」為基礎繼續擴大對生存、親情、時空、宗教以及整體歷史文化的內省與質疑」。余欣娟：〈進入詩人琉璃（流離）色宇宙的幾個N個關鍵詞：洛夫篇〉（關鍵字：詩魔、頓悟、禪、安身立命），《印刻文學生活誌》第11卷第2期（2014年10月），頁78

[20] 王德威：〈序／時間與記憶的政治學〉，《後遺民寫作》（臺北：麥田，2007年），頁13。

情境，或以此為命題加以回應，如此更將「孤絕感」清晰指認。
例如〈回鄉偶書〉，賀知章寫的是「少小離家老大回」，家鄉兒
童早已不識，「笑問客從何處來」，寫出「物是人非」，熟識卻
又陌生的疏離感。而洛夫更動了「返家」的語境，並倒置敘述，
提舉「客從何處來？」直接加以回應，並擴大個人事件為一種生
命存有的悲劇，「你問我從哪裡來／風裡雨裡」，「從丟了魂的
天涯／從比我還老的歲月裡／有時也從淺淺的杯盞裡」。洛夫在
唐詩新作中，隱藏了「回鄉」之「回」，不放入現代詩中，彷若
天涯無可回、歲月無可回、飲盡的杯盞無可回；而最後洛夫更擇
以「鄉音未改鬢毛摧」作為結語──「孩子，別說不認識我／
這鄉音／就是我守護了一輩子的胎記」。我們加以細論詩句，
胎記是與生俱來的特殊性記號，突顯出「個體性」差異。洛夫
前述開展了身為人之存有所帶來的生命孤絕感，這趨近於存在
主義所談的，當人被拋擲在這世間，產生無所可歸，不知何去
何從的孤絕蒼涼感，這種概念情緒為普遍性的。不過，洛夫最
後又收攝回原詩，以「鄉音」作為特殊性記號，可用以辨別，
而詩中之敘述者「我」，是採取一種「理所當然」的姿態，我
當然是這裡的人，「孩子，別說不認識我」，因為胎記是一種
先天性本質的，非後天建構而成的，[21]當然也毋須他人指認。洛

---

[21] 我們常在文學表現上觸及「我」是誰這個命題，許多現代理論都討論過
屬性（identity）和主體（the subject）和自我（self）。「我」是「先天給

夫選擇了一種「先天且個人」的絕對姿態，而視「鄉音」為「胎記」，而且自己可「守護一輩子」；顯然，「我」是個人且先天給定，可由我決定。賀知章則帶著社會的後天建構因素，當我是不是這裡人，已無法從鄉音被辨識，而被孩童視為「客」，親疏則由社會外部認同決定且區分開來。

　　從上述洛夫看待自身屬性的觀看模式，我們或許可以看見「孤絕」的深層形式結構，彷若存在著因歷史因素之憾，反倒由強硬姿態彰顯個體歸屬的絕對與正當性，造成在語氣上、意象形式上透露著群與己的對立，而在意境上少了異質性的和諧共存。但洛夫本身是否有意識到其詩作形式透露出上述的孤絕感呢？這恐怕未必然，或者洛夫根本沒有察覺到他在若干詩作上的內容意義與形式意義存在著某些斷裂；他在形式意象與結構上，往往與內容意義的傳達有著落差。洛夫自言將王維〈竹里館〉的趣味與禪意延伸拓展，其中著重在人與自然親密和諧的關係上，欲寫出其孤寂與幽靜之美。[22]但我們卻發現洛夫詮解王維詩〈竹里館〉，卻也可能隱含了上述孤絕的觀看模式。

定」（本質論）或是「後天所造」（建構論）。〔美〕卡勒（Jonathan Culler）著，李平譯：《文學理論》（紐約：牛津大學，1998年），頁116。

[22] 洛夫：〈後記─詩性的另類思考〉，《唐詩解構》，頁230。

獨坐幽篁裡，

彈琴復長嘯。

深林人不知，

明月來相照。

　　　　──王維

獨自坐在竹林裡當然只有一個人

一個人真好

坐在夜裡

被月光洗淨的琴聲裡

我歌我笑

長嘯

如鷹

這是我唯一的竹林

唯一的琴

唯一的月色

唯一的

儲存在竹節裡的空無

　　王維詩中的「獨坐」是一種安然自適，獨坐之「獨」是指個體生命的價值性回歸到自身，而深林人不知，則進一步表示這種自我完成的滿足感，不需要仰賴外界讚揚。王維詩中的整體情境並不是孤寂的，因為「彈琴復長嘯」、「明月來相照」，從主體看出去的世界，物我和諧互為主體，月為知音，這是古典美學中「和」的精神。不過，洛夫詮釋此詩，卻一一撥掉那種「和諧感」、取消互為主體的物我觀看，如洛夫詩「獨自坐在竹林裡當然只有一個人」、「被月光洗淨」、「這是我唯一的竹林」、「唯一的琴」、「唯一的月色」、「唯一的／儲存在竹節裡的空無」。縱然最後洛夫寫出「空無」，像是消解掉上述層遞之「唯一的有」，但從上述引句可見，洛夫不斷強調「獨自」、「唯一的」、「被月光」，突顯了「單向性」，以及「我」對立於外部環境，視外物為客體，劃限「歸我所有」，即便到最後的「儲存在竹節裡的空無」，其實都還是因「儲存」而過於強調我「有」甚麼的狀態。而從形式結構來看，這麼整齊氣勢的排比，最後強而有力急煞，收攝在竹節的空無，也顯見戲劇性的操作痕跡。詩中縱然「如鷹」狂嘯，當然也可以視為一種豪情，但是放置在洛夫詩的語境，卻因「鷹」隱含了桀傲不群的意象，除了狂放，也隱含一種「孤絕感」。

　　以上述〈回鄉偶書〉與〈竹里館〉兩首為例，所要論述

的是，洛夫《唐詩解構》其實是放入「洛夫生命史」的詮釋視域，這促使他在詮解唐詩時，不論〈回鄉偶書〉的陌生疏離或著〈竹里館〉的安適自足，都因自覺或不自覺帶著「孤絕」的觀看模式，而產生若干意義質變或更逼顯「孤絕感」，使之尖銳化。

那麼，洛夫此等「孤絕」的觀看模式，可以產生何種審美趣味或意境，我們則要進一步從「形貌與神韻」以及「空間部署」加以析論。

三、解構後的形貌與神韻

　　「詩的意義」是「內容與形式合一」的整合體，韻腳、特殊的文法構造、文字比喻和可以表意的音質，再加上可用散文簡述的「概要」所總括而成。[23]因此，倘若我們改變了詩的表現「形式」，實際上就是更動了詩的「內容」，這種情況在語言翻譯上更是可見。克萊夫・貝爾（Clive Bell，1881-1964）在《藝術》一書，首先說明這種「有意義的形式」。[24]

　　洛夫在2013年集結的《如此歲月・洛夫詩選1988-2012》回顧自己的創作歷程，特別點出他如何有意識地熔接古典與現代，尤其在此本選集當中，已收錄十一首〈唐詩解構〉系列詩作。他試圖「保留原作的含蘊與意境，而把它原有的格律形

---

[23] 詳見龔鵬程：〈文學的形式〉，《文學散步》（臺北：學生書局，2003年），頁69。

[24] 貝爾在書中闡釋「在各個不同的作品中，線條、色彩以某種特殊方式組成某種形式與形式間的關係，激起我們的審美感情。這種線、色的關係和組合，這些審美地感人的形式，我稱之為有意味的形式」。克萊夫・貝爾（Clive Bell）著，周金環、馬鐘元合譯：〈甚麼是藝術〉，《藝術》（臺北：商鼎文化出版社，1991年），頁3。

式予以徹底解構，重新賦予現代意象和語言節奏。解構新作與原作變成了兩件不同形式的作品，新作可能失去了原作中古典的韻律之美，但也可能增加了某些原作中沒有的東西，所以這也可以稱之為古詩的再創造。」[25]很顯然的，洛夫並不打算僅僅是以現代語言「翻譯」古典詩，而是想要重新加以再創作。李翠瑛〈古今的流轉——論洛夫詩中「典故意象」之轉換與再造〉認為洛夫以舊有典故為主，重新以己意塑造新的意象系統，在詮釋的過程當中，更動或改寫詩中的脈絡或內容，並透過想像還原當時詩人的心境。[26]

　　我們前述已論及洛夫《唐詩解構》的形式結構，大部分屬於「詮釋」部分的「古詩新作」，此新作在結構上又可細分為「擴寫」、「改寫」、「擴寫兼改寫」。所謂「擴寫」就是針對原文加以補充情節過程、渲染情境以及人物動作言語，使內容更生動顯明又不離原意。「改寫」則會變動內容形式，例如改變敘述順序、敘述人稱，拆解原文重新組織，或者改變敘述的文體。當然，以現代語言重構古典詩，廣義來說，《唐詩解構》的所有詩作都屬「改寫」；不過，在本文研究上在各個

[25] 洛夫：〈自序〉，《如此歲月》（臺北：九歌，2013年），頁16。

[26] 李翠瑛：〈古今的流轉——論洛夫詩中「典故意象」之轉換與再造〉，《石室與漂木——洛夫詩歌論》（臺北：秀威經典，2015年），頁163-164。

層面都必論及現代詩的語言轉換，因此在「改寫」部分不另論「改變敘述的文體」。

　　據筆者統計，《唐詩解構》絕大多數屬於「擴寫」，共有〈登幽州臺歌〉、〈登鸛雀樓〉、〈芙蓉樓送辛漸〉、〈鹿柴〉、〈九月九日憶山東兄弟〉、〈黃鶴樓送孟浩然之廣陵〉、〈長干行〉、〈涼州詞〉、〈天末懷李白〉、〈客至〉、〈楓橋夜泊〉、〈秋夜〉、〈滁州西澗〉、〈題破山寺後禪院〉、〈烏衣巷〉、〈春詞〉、〈尋隱者不遇〉、〈題金陵渡〉、〈贈內人〉、〈泊秦淮〉、〈宿駱氏亭寄崔雍崔袞〉、〈夜雨寄北〉、〈金縷衣〉，這一部分比較多是「情境擴寫」。為什麼擴寫類的會這麼多呢？恐怕也是因為洛夫選取唐詩的大都是短詩，在體裁的限制下，多半需要使用擴寫來增加情意。不過，我們可在這類情境擴寫中，特別關注詩中的空間部署，因為這調度會牽涉到時間感，特別是離別、返鄉、思親之類的主題，這部分的討論放置下一節專論。

　　在《唐詩解構》這本詩集中，僅單純改寫形式結構的有兩首：〈宿建德江〉、〈回鄉偶書〉，而「改寫兼擴寫」計有〈春曉〉、〈閨怨〉、〈竹里館〉、〈鳥鳴澗〉、〈下江陵〉、〈送友人〉、〈玉階怨〉、〈旅夜書懷〉、〈登高〉、〈題都城南莊〉、〈問劉十九〉、〈江雪〉、〈馬詩〉、〈江南春〉、〈登樂遊原〉、〈錦瑟〉、〈無題〉。在上述詩作

中，〈下江陵〉，改變了敘述者，把讀者與我放進去同一層次對話，〈玉階怨〉則是全知視角將內心的情緒說出來，〈旅夜書懷〉與〈登高〉再將杜甫情緒拉出來渲染擴寫。另外，〈題都城南莊〉則改以桃花為第一人稱，〈問劉十九〉中，則置入結局式的情境，詩人終究自飲，在等候中睡著了。〈錦瑟〉在首句「最重要的是你那毫無雜質的／癡」，給予李商隱〈錦瑟〉當中的「情」給予價值性的肯定。上述詩作，即便改動敘事結構或者人稱，但都不離原詩之意。我們可以特別關注的是那些改動意義甚大，甚至形成「反義」的。這有可能非詩人自覺，但因其觀看模式，取用意象，而更動到了深層語義。

〈將進酒〉一詩幾乎就脫離原詩，不照形式結構順序，也不針對主題進行擴寫；而倒是採取「反義」，針對「人生得意須盡歡」、「但願長醉不願醒」發難，回應「人生有甚麼可得意的」，「誰說醉了就不寂寞」。除了「仿效」之外，洛夫的「仿擬」有時意含嘲弄的「仿諷」，特別是關乎「神聖」、「規範」、「恆常」等命題。例如洛夫名作〈長恨歌〉收於《魔歌》，寫在1972年，這首古題新作，就採取反義，批判楊氏女子之肉體美宛如消逝泡沫，而唐玄宗則是權力與性慾交疊於血肉之間的男子，原本堅貞的情愛在洛夫的詮釋語境中，顯得苦澀有悔，而詩中之女子更是囈語，壟罩在死亡的意象。

在論及「改寫兼擴寫」時，筆者想先以洛夫詩論作為開

端，如此才能不將「改寫兼擴寫」視為形式問題。洛夫在〈詩的欣賞方法〉曾說明古典詩的特質，他以王維「明月松間照，清泉石上流」說王維「利用一組有限的一項來暗示一種靜觀中的無限世界，這種世界是不受時空限制的，而且超乎語言之外」，並且舉杜甫詩為例，說明詩中小我的「我」化為客觀的「我」，化為全體人類之「我」。[27]上述這段話所觸及三個審美意識：一是「觀物取象」、二是「立象以盡意」以及「群己關係」。「群己關係」會牽涉到人際、物際，而這相互關係通常也會展現出一種和諧之美。中村元研究中國語言，發現古典詩中常以「人」作為主體，而且常是被隱藏的一般人或敘述的說話者，而非突顯個體之「我」；同時即便客觀的事物也在與人的關係上去把握，也不把人分離去理解客觀的世界。[28]

「觀物取象」則涉及對宇宙萬物的觀察與再現，而這種再現「不僅限於模擬外在事物的形式，更重於表現萬物內在的特

---

[27] 洛夫：〈詩的欣賞方法〉，《洛夫詩論選集》（臺北：開源，1977年），頁8。李瑞騰亦引洛夫這段引證中國古典詩論詩人的話語，用以論述洛夫在1960年結束之際，反思現代詩的創作路線與傳統詩之間的關係。洛夫並不「反傳統」，而這個時間點對1970年代前期的現代主義批判來說，是有重要意義的。李瑞騰：〈試探洛夫詩中的「古典詩」〉，收錄劉正忠編選：《臺灣現當代作家研究資料彙編：洛夫》（臺南：臺灣文學館，2013年），頁366-367。

[28] 〔日〕中村元著，徐復觀譯：《中國人之思維方法》修訂版（臺北：臺灣學生書局，1991年），頁27-28。

性，表現宇宙深奧微妙的道理」。[29]我們或許可以將之推衍到「形貌」與「神韻」的問題。這個「神韻」用詞不完全等同於王士禎「神韻說」的創作理念，從洛夫多篇文章的上下語脈，可能意指內在的精神特性與作品整體風情。洛夫一再表示他所要做的文學大工程就是要以現代語言，釋放古典詩中的神韻。那麼如何通過「文字語言」再現呢？概念是無法用語言表述說清楚，言無法盡意，但通過「形象」卻可以充分表現，也就是「立象以盡意」。[30]

　　以下細讀〈春曉〉，詮釋洛夫詩中的形貌與神韻。

　　春眠不覺曉

　　處處聞啼鳥

　　夜來風雨聲

　　花落知多少

　　　　　　——孟浩然

---

[29] 葉朗：《中國美學史》（臺北：文津，1996年），頁67。

[30] 《繫辭傳》：子曰：「書不盡言，言不盡意。……子曰：「聖人立象以盡意，設卦以盡情偽，繫辭以盡其言，變而通之以盡利，鼓之舞之以盡神。」劉勰《文心雕龍・神思》：「獨照之匠，窺意象而運斤」，「神用象通，情變所孕」。

一夜好睡

晨起，把夢摺成方塊

塞在枕頭下，掖著藏著

等明晚拿出來，鋪展開

再做一次

推窗

一陣鳥聲不排隊就一湧而進

嘰嘰喳喳，你推我擠

爭啄著滿書桌的落花

窗外的風雨苦笑著

春又走了，夢仍是方塊一個

　　孟浩然〈春曉〉處處可見美好春意。春眠令人舒適不覺曉，而早晨小鳥啼叫顯得生氣，憶起昨夜的一場春雨，不知道春天盛開的花落下多少？而在這春天的季節，時時可見物我之和諧，人在鳥聲、風雨聲卻安適好眠，而不覺得被打擾；可以說是物物各得其所，即便花落，也是春天的一部份。洛夫在「改寫兼擴寫」中增添了敘述者之夢，一夜好睡的深層是每日重複鋪展夢境，白天則再次收藏。至於「夢」是甚麼？詩人沒有說明，但從上下文「摺成方塊」、「塞在枕頭下」、「掖著

藏著」可見其「慎重」與「私密性」。最後一句,「春又走了,夢仍是方塊一個」,顯見夢還是夜晚的夢,依舊每日作夢收藏,而未能實現;更重要的是「春又走了」暗示這件事再度落空。洛夫補述了詩人心境,這使得春天不僅僅具有生機盎然的意象,反倒在處處生機下,卻又隱含著不為人知的愁緒與失落。春天顯得秘密跟曖昧。

詩中,「推窗」這個動作隱含了內外之別、只有推開窗戶,嘰嘰喳喳的鳥鳴方能湧入,進而鳥兒們推擠爭啄書桌前的落花。從意象形式來看,第一段呈現「秘密」與「曖昧」,而第二段「窗的內外界線」、「鳥聲不排隊」、「嘰嘰喳喳」、「爭啄」則突顯外部的喧鬧吵雜,而這可以說是一種春天的生氣盎然,也可以詮釋成詩人「摺成方塊」、「塞在枕頭下」、「披著藏著」等意象形成的閉鎖內在與外部氛圍的不協調。如此第一段與第二段的承繼富含了情節與戲劇張力。不過,我們也看到洛夫補述詩人心境與擴展情節過程,些許改動了原詩的和諧寧靜感,加深了外部與內在的反差對比。

我們可以再特別注意到,洛夫在古詩新作上,裁切掉了甚麼句子?這或許就是洛夫覺得這等情節或情韻不屬於現代時空,或者因改寫後的整體性需求,而加以刪減。但無論如何,這些在「擴寫」、「改寫」或「擴寫兼改寫」中,被裁切刪減的詩句,很可能就是古詩新作的轉折關鍵處。

　　前述曾以〈竹里館〉闡述洛夫的孤絕觀看模式，在洛夫其它首的唐詩改寫中，也經常裁切掉「和諧」、「群我」的情景意象，突顯孤絕的自我。在〈終南別業〉的改寫中，洛夫刪除了「偶然值林叟、談笑無還期」。在王維詩中，「興來每獨往」，雖然是「獨往」，但倒也不是與外物扞格，當詩人走到水窮無路處時，也可以轉換目的地，坐下來看雲起風動，尾聯甚至更進一步寫到回程遇見山中老人，兩人笑談愉快而忘記歸途，由此可見詩人與外在的和諧無違。這同時也展露出一種「即視即景」的人生境。然而，在洛夫的改寫中，除了「獨自策杖漫步」強調「獨往」之「獨」之外，還可以發現洛夫之外境竟全是沉默孤寂、啞然無語，「苦澀蟬鳴不知藏在何處」、「溪的盡頭／水枯了，鵝卵石全部啞默無語」，在這樣的情境設計中，坐看雲起，竟不是悠緩徐徐，而是「癡癡坐著」，甚至伴隨著「些些寒意」。我們或許可以詮釋，洛夫將王維詩從一種詩佛的境界拉下凡塵，以凡人式的感官情緒，去觀看、設想倘若獨自遷居南山的晚年，那是一種甚麼樣的孤獨，那些「折露葵」、「參點禪」、「讀點詩」果真能滿足內心的空虛感嗎？對此，洛夫採用了質疑的態度，詩中在經歷上述修身養性活動後，洛夫戲謔著說「整天我的心房就這麼掏空了」。

　　同樣寫法也見李白〈月下獨酌〉的改寫。洛夫也刪除了「醒時同交歡，醉後各分散／永結無情遊，相期邈雲漢」，洛

夫筆下是「孤寒的飲者」、「寂寞的長安」，那個永結無情遊的人生豁達者，也一併下降至凡間，成了血肉感的「醉漢」。

這種血肉感官的真實感，在洛夫的書寫中，一直居於要位。又如〈大悲咒〉之新詮「大悲大悲，魚骨，血，桃花，是色亦是空。酒是黃昏時回家的一條小路，醒後通向何處？」以及另一首〈禱詞〉，「我已吃了你的魚和餅／請給我一支煙吧」，「聖經，道德經，心經我都倒背如流了／請給我最後一塊紅燒肉吧！」洛夫面對浮光耀金的五濁惡世，尤其是肉身感官，常採取仿諷、戲謔的態度。或許這些反義詩作的深層義所要揭示的是：清淨與垢染是「不二」的辯證關係。[31]

另一首〈閨怨〉，洛夫也突顯了皮膚感官，他在詩中裁切掉了「春日凝妝上高樓」中的「凝妝」，改以「皮膚之搔癢」作為替代。「凝妝」在王昌齡原詩其實扮演了相當重要的關鍵，它代表了女子盛裝打扮想要出遊之心，同時也寓意了在春天美好的季節，這樓上女子的年紀、妝容也正如春天盛美，從而烘托出「好花無人賞」的閨怨愁緒。洛夫解構原詩後，不寫「凝妝」，但實際上卻選擇以「渾身皮膚那麼癢／陌上柳枝那個輕，那個柔，那麼浪」、「枕邊一撮落髮那個怨」補述女子

---

[31] 余欣娟：〈進入詩人琉璃（流離）色宇宙的幾個N個關鍵詞：洛夫篇〉（關鍵字：詩魔、頓悟、禪、安身立命），《印刻文學生活誌》第11卷第2期（2014年10月），頁79。

心中愁緒，更直白的來說，洛夫將原本隱藏在詩中少婦在春日生機勃發之怨，赤裸地以皮膚之癢、一撮落髮，挑明其身心之寂寞難耐以及青春易逝。

四、空間部署的視覺美感與時間意識

　　在詩作中，空間的部署往往可勾勒出總體情境，使人可以藉景生情、心感外物，而不從邏輯語言理解情緒。詩中的「觀物取象」所形成的空間感，往往也會觸發時間意識，此時美感與孤獨也容易顯現。[32]這些經由詩人安置的空間物件，在行句之間的次第開展，就產生像攤開畫軸般的視覺空間。在中國古典山水詩的傳統中，當詩人「在詠嘆空間無窮之際，很快就轉入人生瞬息（時間）的悲慨」，「思索存有的本質問題，或轉入一個『歷史性的有限』」。[33]這是由於人俯仰於天地之間往往會感到生存的有限性，不過這並非來自人為刻意的劃分時間，而是自然空間本身就蘊含著時間，例如楓紅、花落，無一不是時間歷程。

　　費勇就注意到洛夫詩中的時空感與戲劇化情景的關聯。

---

[32] 宗白華：〈中國詩畫中所表現的空間意識〉，《美學的散步》，頁57。

[33] 相關山水詩作的空間意識及美感亦見宗白華：〈中國藝術意境之誕生〉，收入《美學的散步》（臺北：洪範，1981年），頁11-36。以及王建元：〈中國山水詩的空間經驗時間化〉，收入《現象詮釋學與中西雄渾觀》（臺北：東大，1992年），頁131-165。

他認為洛夫許多後期詩作的「戲劇化場景」，達到了古典詩詞中的「意境」；而在這戲劇情景的表現上，「時空變得相對狹小」，[34]「有限的時空被簡化成一幅戲劇性的意境」。[35]在洛夫《唐詩解構》中，我們更可以看到改寫過後的敘述順序、擴寫的空間描述，如何增強詩作的戲劇感與情緒張力。

　　洛夫在《唐詩解構》的〈後記〉曾以李白〈黃鶴樓送孟浩然之廣陵〉與自己改寫的詩作為例，說明他如何成功捕捉景物之神。他提到自己添增了「一隻小小小水鳥橫空飛去」，這一鏡頭「意在反襯原作中『孤帆遠影碧空盡』這個意象的孤獨感與寥廓形象。」[36]當然，這種形式結構上的改變，洛夫往往是將原作意象之「隱」處，安置更多的物色，使之狀溢目前，讓意象顯得鮮明生動。以〈登鸛雀樓〉為例：

　　轟轟然，一顆巨大的落日

　　應聲入海

　　把黃河湧進的水

　　差點煮沸

---

[34] 費勇：〈洛夫詩歌的意象〉，《洛夫與中國現代詩》（臺北：東大圖書，1994年），頁64-65。

[35] 費勇：〈洛夫詩歌的意象〉，《洛夫與中國現代詩》，頁66。

[36] 洛夫：〈後記──詩性的另類思考〉，《唐詩解構》，頁231。

登樓登樓
再上一層
再上一層
你準可看到荒煙千里之外
另一顆太陽
嘩然升起

　　洛夫擴寫〈登鸛雀樓〉，增添了落日、日昇的具體情景，其「轟轟然」、「應聲」、「嘩然」的聲響也伴隨著詩中太陽的戲劇性動作。原詩是太陽依傍山慢慢隱沒，而在洛夫詩中則調度視覺，加速落日的下墜感與聲響，將視覺延伸至黃河入海流。而登樓再登樓，更上一層再更上一層，其實寓以無限上升，彷若居高處而能化「千里目」為眼前景，看見另一顆太陽升起。我們可見洛夫在空間部署上的動態與戲劇化，當空間上升時，時間也隨之運行，視覺跟隨挪移由近到遠，從此端的落日夕陽，戲劇性地轉換至到彼端的旭日高升。

　　另一首〈登幽州臺歌〉同樣也是調度視覺空間，由近到遠，延伸時間感。

前不見古人，
後不見來者。

念天地之悠悠，

獨愴然而涕下

　　　　　──陳子昂

從高樓俯首下望

人來

人往

誰也沒有閒工夫哭泣

再看遠處

一層薄霧

漠漠城邦之外

寂寂無人

天長地久的雲

天長地久的阡陌

天長地久的遠方的濤聲

天長地久的宮殿外的夕陽

樓上的人

天長地久的一滴淚

　　洛夫〈登幽州臺歌〉中的視覺途徑為「高樓俯首下望——遠處薄霧——城邦之外——雲——阡陌——遠方的濤聲——宮殿外的夕陽——樓上的人」。從樓臺下望，視線從上往下概括，俯視人來人往，忙碌且帶點冷漠，沒有閒功夫哭泣，眾人往來壓抑、忙碌、冷漠而不知所然，這形成了人生縮影。如此難以逃脫的悲涼也形成詩末「樓上的人／天長地久的一滴淚」。這可以說是在空間安排上首尾呼應，從高樓俯首，最末也以樓上的人結束。

　　詩中視覺的挪移也不斷拓展空間範疇，先由眼下這座城樓不斷向外延伸，越來越遠，又經過寂然無人的自然景色，再經過另外一座宮殿，而此時也已是落日，彷彿每一個物色的背後都隱含著一段戲劇故事。在詩中，有限的是「人」以及人為產物的「城邦」，人與城邦都會歷久而衰，但對照的是「天長地久」的自然物，雲、阡陌、濤聲、夕陽，而此時庸庸碌碌而不知所然的人更顯得悲涼。

　　當詩的空間部署、調度牽涉到時間感時，特別容易使離別、返鄉、思親之類的主題，更為顯明。例如洛夫〈回鄉偶書〉，起首「你問我從哪裡來？」一連六句接續不斷回應，「風裡雨裡」、「茅店雞鳴裡」、「燈火裡」、「天涯」、「歲月裡」、「杯盞裡」。從哪來？是一個歸屬問題，但前述談及洛夫將情感普遍化，將個體之情感寄寓於群體之共通情

感，所以可見他把返鄉、鄉愁化為人被拋擲於天地之間的存在問題。因此，空間的推移完全不停留在任一地點，不斷移動，形成一種流浪、不確定的狀態，各項都是來處但也都僅僅是某一停泊點。在這一系列的聽覺視覺所形成的空間意象，風裡雨裡象徵著人生的際遇不平，而茅店雞鳴是典型的山村，寒窗下的燈火顯示某一苦讀的情境，而歲月裡、杯盞裡，則又將人生何處來，抽象成一種歷史文化的情境建構，或者對酒當歌，人生幾何。

　　再看洛夫〈九月九日憶山東兄弟〉對王維詩的改寫，其視線挪移的途徑為「異鄉登高──天──鞋子上的灰塵──想起遠方的兄弟──想起風雨中的馬燈──被撕去半邊的春聯」，從眼前具體的登山、高望再往上望天，在下望到鞋子的灰塵，接下來就由鞋子灰塵隱喻了昔日的風塵僕僕，而從外在實景轉化為記憶的虛景，想起遠方的兄弟，想起過去離開家鄉一路走來的人生風雨，並以被風撕去半邊的春聯，隱喻「家」已經歷風霜以及時間的流逝。我們可見詩中的空間推移都蘊含了時間流轉，也突顯離鄉思親的孤寂感。

五、結語

　　我們綜觀洛夫《唐詩解構》中，洛夫大多著力在擴寫，他幾乎要做的是以現代的語言去補綴、增添情境，將原本隱涵詩中的言外之意，加以情節過程、勾顯人物情緒，將情景更壯溢目前。洛夫試圖以古詩新作作為一種示範性的寫作教材的意味極濃。

　　雖然洛夫自認對於古典詩的「重新詮釋」和「再創造」，重點不在於格律形式，而是在捕捉詩中的神韻美，用以突顯「人與自然的和諧關係」以及「古典意象的永恆之美」。但經本文研究卻發現，當洛夫以現代語言、現代語境、現代意象重新再現原作時，他往往自覺或不自覺地帶入自身對生命、歷史、甚至因「漂泊」、「流離」等切身之問，而形成以古典詩「註解自己」的現象。是故，當《唐詩解構》涉及「離鄉」、「返家」、「思親」、「懷鄉」等主題時，洛夫大部分採取補述情境，特別是空間感的調度，將「孤絕感」更清晰指認。

　　我們或許可以看見「孤絕」的深層結構在於過於強調「個體性」的絕對，而少了在意境上異質性的和諧共存；而當如此

的觀看模式形成後，促使他在詮解唐詩時，即使如〈竹里館〉的安適自足，也產生若干意義質變成「孤絕感」的意象群。特別是，洛夫將王維詩從一種詩佛的境界拉下凡塵，以凡人式的血肉之感，去質疑〈終南別業〉原作的自適興味，其實是無法滿足內心的空虛感。另外，洛夫在古詩新作上，特別裁切或置換何句，也是值得關注。本文研究發現洛夫對於「神聖」、「規範」、「恆常」等命題，特別會採取反義詮釋，他幾乎不相信「孤絕感」可能被補填或可作精神層次的昇華；洛夫更取決於血肉感官的真實感受。這個詮釋語境當然包含了「個人的悲劇意識」與「民族的悲劇經驗」，這也是洛夫長久以來的「漂泊」、「流離」母題書寫。

　　此外，我們可見洛夫在古詩新作的空間部署上，空間感不僅僅是視覺、聽覺所構成，還包含了現實的實景與記憶的虛景，而時空的調度往往也伴隨著戲劇性與時間性。我們在洛夫詩作的空間推展上，可看見物色如何轉換成時間，帶出景中之情，這是洛夫深得古典詩作技巧上的運用。至於群我，人際物際之間的古典和諧美，洛夫則不時脫離與質疑，反以「孤絕」的觀看模式，形成他個人生命史式，既個人又群體的當代詮釋。

第三章

CHAPTER 3

殖民與樂土的錯位
——論梁秉鈞「反中心性」的香港觀看

在殖民與高度資本化的環境下，梁秉鈞不斷叩問：香港的本土性在哪裡？甚麼是香港？

他撇開高樓俯瞰的視角，走入巷內，以漫遊者姿態觀看那些不顯眼的街道、堆疊的時髦物件、日常瑣碎的人事言行。於是在他形塑的香港印象中，市街並不「廣闊」，常被「高樓」遮蔽，充滿「陰鬱」。

而這「陰鬱」的空間色彩也隱喻了現代化城市不再如過去光亮、美好——那消失而不可得的、情感記憶裡的「美好過去」，也正是梁秉鈞寄託「樂土」的所在。

一、觀看城市的角度

　　談及香港文學，就不能忽略梁秉鈞（1949-2013）。梁秉鈞，筆名也斯，他致力於文學創作、攝影，跨媒介詩畫評論，長時間觀察香港電影與文化。「梁秉鈞」寫詩，「也斯」寫散文、小說；但不論使用本名或筆名，他都有意識地在書寫紀錄香港這個城市。早在七十年代，梁秉鈞所寫的《雷聲與蟬鳴》（1978），就從日常生活的街景，開始書寫香港的現代化。他的視角無疑是特別的，在面對「殖民」的特殊歷史處境，他不像典型性的殖民文學，進行控訴；相反地，他看似雲淡風清地，將人置入「空間」中，走小巷、帶過喧鬧買賣的日常，領著讀者觀看「香港」。這是梁秉鈞一貫的寫作態度。許多學者也都注意到梁詩中充滿了「日常瑣碎」與「物件堆疊」的意象。陳少紅在〈香港詩人的城市觀照〉就指出詩人並不是以一種「居高臨下的俯視」，也「不再把自己關在房中猜測外面的城市世界，也不是流落城市的邊緣地帶哀嘆那種疏離的感覺」，而是「走出街道，直接介入和參與豐富的日常人事之中，還原都市多層次、多面向的真實……日常生活的語言顯

露都市平凡、瑣碎和侷促的一面」。[1]周蕾則觀注到梁秉鈞詩「充滿著物質世界的描寫」，而且「從多種由攝影及電影所創造的視覺角度去接近、探視和深入事物，由特寫到長鏡，由微觀的細節到遙遠的欣賞」。[2]

　　上述觀看城市的角度，或許與梁秉鈞帶著反中心性的書寫方式有關。在梁秉鈞與日本學者四方田犬彥（1953-）的書信往來當中，就提到他讚賞學生所提出的「不顯眼博物館」的構想，並質疑在香港商業主導下，棄舊追新，不斷尋求「更巍峨更顯眼的市標」，而呼籲社會該更重視一些不顯眼的價值標準。[3]對照梁秉鈞詩作、攝影集，的確發現他不大注視「城市的重要（象徵）標的物」，[4]例如閃耀的「維多利亞港」。

---

[1] 陳少紅：〈香港詩人的城市觀照〉，收錄陳素怡編：《僭越的夜行（下卷）：梁秉鈞新詩作品評論資料彙編 從《雷聲與蟬鳴》（1978）到《普羅旺斯的漢詩》（2012）》（香港：點出版社，2012年），頁375。

[2] 周蕾著，董啟章譯：〈香港及香港作家梁秉鈞〉，收錄陳素怡編：《僭越的夜行（下卷）》，頁417。

[3] 也斯、〔日〕四方田犬彥著，韓燕麗譯：《守望香港：香港──東京往復書簡》（香港：牛津大學出版社，2013年），頁88、91-92。

[4] 舒非在《也斯的香港》序文亦觀察到這種「不顯眼的細節」，文中表示「我讀《也斯的香港》時，覺得和《王安憶的上海》有點相像。這相像之處在於他們的角度。他們都不正面寫上海或者香港，重點不放在繁華的街道和鬧市之中，他們喜歡擷取都市的某個獨特的側影，一個小故事，一個普通或者不普通人物。他們通過一個並不顯眼的細節，一點一滴，讓讀者感受他們所處都市的面貌和味道。他們希望這面貌不是平面的，而是有深度的，這味道是獨特的，可以叫人為之深思、低迴」。

我們可以相互對照的是《也斯的香港》，在這本書的攝影、文字中，何謂香港？梁秉鈞並不直指。我們在其中，反而看見更多瑣碎的生活片段、物件堆疊，街道上商店的成列罐子特寫、餐廳一隅、破裂的一張椅、成堆待賣的廉價鞋以及相聚的人物。[5] 對比於光彩耀目的香港經濟，這樣「不顯眼」的敘述方式與詩作表現如出一轍。

　　人文地理學在研究「文本裡的空間」，特別在意人與地方之間的情感，文字如何創造了「家園」。[6] 本文將以人文地理的角度切入，釐清上述梁秉鈞觀看「不顯眼的香港」、「日常瑣碎」、「物件堆疊」的特殊視角以及空間書寫。當人居處「空間」中，不斷在感知、思考這空間性的實體上下方位、地點、周遭景觀等等，而當這生活空間，經過「時間積累」，就會產生「地方感」、「歸屬感」。此時，這個「空間」不僅僅是身體處於上下方位的實用空間，而且還在我們的「經驗」中，進行建構，涉及文化結構、社會意義，例如後殖民、帝國

　舒非：〈序〉，收入也斯：《也斯的香港》（香港：三聯書店，2005年），序頁2。

[5] 詳見也斯：《也斯的香港》（香港：三聯書店，2005年）。

[6] 文學書寫與地理學的討論可見《文化地理學》的第五章「自我與他者」：書寫家園、標示領域，以及書寫空間。〔英〕麥克·布朗（Mike Crang）著，王志弘等人譯：《文化地理學》（臺北：巨流，2003年），頁79-106。

以及性別、階級意識等等。[7]地方書寫並非是準確的「現實地圖導覽」，其意義也不在單純地反映客觀群體經驗，我們正是藉由梁秉鈞對香港「既個人又群體的觀察」，喚起我們有血有肉的空間情感；而人群在空間穿梭的姿態與記憶，也將活靈活現。

回顧香港自西元1841至1997年作為英國殖民地，不斷快速「西化」與「現代化」，隨之而來的高度經濟發展，成為了這個城市的主要特徵；但是殖民與被殖民的認同問題以及香港本土性為何？這兩大論題始終不離「高度商業發展」的殖民處境。西元1992年，九七回歸前，梁秉鈞出版了中英對照的《形象香港》詩選集，擇選過去詩作，成為一種有意義地「整體紀錄」。1995年，梁秉鈞為《今天》文學雜誌編輯了「香港文化專輯」，書寫《香港文化》（1995）；而在「回歸」後十年，

---

[7] 瑞夫（Relph）以地方關係界定了四種空間意義：第一種為「實用」空間（pragmatic space），由身體處境所組成（如上下左右）；第二種是感覺空間（perceptual space），由觀察者為中心，由觀察者所見的事物、意象所組成；第三種是存在空間（existential space）則除了上述感覺空間，還有文化結構、社會意義存在；第四種認知空間（cognitive space）則是抽象地塑造空間關係。詳見〔英〕麥克‧布朗（Mike Crang）著，王志弘等人譯：《文化地理學》，頁146。《文化地理學》的第三章則討論「具有象徵意義的地景」涉及了國族空間的塑造，這常常具有權力收編的象徵意涵。〔英〕麥克‧布朗（Mike Crang）著，王志弘等人譯：《文化地理學》，頁47-50。

2007年，梁秉鈞又在《今天》的「香港十年專號」接受訪談，
談及長期對香港城市的感受與觀察，由此顯見梁秉鈞一直關注
著香港的文化與未來。除了上述「西化」、「現代化」所牽涉
到的「殖民」與「本土」認同之外，本文亦對梁秉鈞的香港書
寫，設問了在殖民底下，「樂土在哪？」的命題，探索他心中
的「樂土」是建構在「未來」，還是消失不可再得的「過去記
憶」？梁秉鈞又如何書寫、建構香港呢？依循前述問題意識，
本篇論文將以梁秉鈞《形象香港》[8]作為主要討論文本，切入
梁秉鈞筆下，香港「殖民地」與「樂土」的空間隱喻。

---

[8]　本文所使用的版本為2012年由香港大學出版。

二、「家」的街道漫遊

　　五、六十年代，香港的地方書寫並不普遍，這牽涉了香港人複雜的身分認同問題。學者論及五六十年代的香港經驗認同時，已形成共識：當時南遷的難民或僑民，不論是躲避戰亂或尋求經濟生存，對香港幾乎抱持著「過渡」、「過境」、「避風港」的態度，因此他們無意反抗英國殖民，惹來困擾。而Hughes《借來的地方，借來的時間》之語，正說明了「一九九七」使香港處在一個「借來的地方，借來的時間」的渾沌不明狀態。[9]因此，當時這些喬遷居民對香港並沒有凝聚太多歸屬感，也無太強烈的扎根意願，更遑論對眼下香港有何深刻情感。這種情況一直到七十年代，才因為土生土長的香港人開始受到高

---

[9] 詳見Lau Siu-kai： Decolonization Without independence and the Poverty of Political Leaders in Hong Kong, Hong Kong institute of Asia-Pacific Studies, The Chinese University of Hong-Kong,1990,pp.1-4.以及洛楓：〈香港現代詩的殖民主義與本土意識〉，收入張京媛編：《後殖民理論與文化認同》（臺北：麥田，2007年），頁282。葉建源：〈英國統治下的香港殖民地教育經驗〉，收入王慧麟等編著：《本土論述年刊2009：香港的市民抗爭與殖民地秩序》（臺北：漫遊者文化，2010年），頁64-65。

等教育，本土意識方才萌長。[10]梁秉鈞亦回憶自述，在「我們成長的時期，沒有人用香港作題材，他們故意不用香港作題材」。[11]當梁秉鈞在七十年代香港本土意識開始產生時，與一群年輕詩人──吳煦斌、張景熊、銅土等，在《中國學生週報》刊登「香港專題」的創作，這可以說是從王無邪、崑南早期「激烈的反殖民地意識或抽象的中國情懷」，轉成眼下具體生活的香港。[12]

梁秉鈞在七十年代書寫香港時，幾乎是以一種「步行」的「漫遊者」（Wandersmänner）來端視香港生活。「漫遊者」語出塞杜（Certeau），塞杜認為漫遊者藉由「步行」，連接「場所」與「場所」之間；如此一來，漫遊者將都市的街道、建築等設計，串連成自己的「語句」，重新呈現、詮釋這空間

---

[10] 參見葉建源：〈英國統治下的香港殖民地教育經驗〉，同前註，頁64-65。從移民政策看香港移民（難民）的社會發展與本身分認同扎根，可參見谷淑美：〈從移民政策的歷史軌跡看香港身分認同的構成〉，收入王慧麟等編著：《本土論述年刊2009：香港的市民抗爭與殖民地秩序》，頁90-97。

[11] 鄧小樺：〈歷史的個人，迂迴還是回來：與梁秉鈞的一次散漫訪談〉，北島編：《今天‧香港十年》（香港：牛津大學，2007年），頁14。

[12] 關於五六十年代王無邪〈一九五七年春：香港〉、崑南〈旗向〉反抗殖民地的詩作，以及七十年代梁秉鈞等年輕詩人在詩刊對香港生活的描寫，牽涉了香港現代詩表現的「本土意識」轉折，詳見洛楓：〈香港現代詩的殖民主義與本土意識〉，頁281-285。

意義。[13]另外，本雅明藉波特萊爾，指出城市「漫遊者」的形象，他們雖處都市文明當中，卻選擇以一種抽離事外的方式，進行觀察、紀錄。[14]梁秉鈞詩觀看香港城市的姿態，兼具上述兩種漫遊者的特質。倘若仔細對照《雷聲與蟬鳴》的第三輯「香港」所收錄的詩作：〈傍晚時，路經都爹利街〉、〈五月二十八日在柴灣墳場〉、〈北角汽車渡海碼頭〉、〈寒夜‧電車廠〉、〈羅素街〉、〈拆建中的摩囉街〉、〈中午在鰂魚涌〉、〈新蒲崗的雨天〉、〈華爾登酒店〉、〈影城〉，就可發現梁秉鈞詩的空間建構是相當「個人式」。梁秉鈞自言「羅素街」是當時居處在堅拿道西一帶，北角是上班的地方，鰂魚涌則是在南華早報工作，寫新蒲崗是因為《中國學生周報》停刊。[15]換言之，這些詩作非常貼近作者本身的實際生活範圍，而非涵蓋著「香港的全部」。[16]

---

[13] 〔法〕塞杜（Certeau）：〈城市散步〉，《塞杜文選（一）——他種時間／城市／民族》（苗栗：桂冠，2009年），頁135-136。

[14] 參見〔德〕本雅明（Walter Benjamin）著，李偉、郭東編譯：〈巴黎，十九世紀的都城〉，《機械複製時代的藝術》（重慶：重慶出版社，2006年），頁170。

[15] 葉輝、鄧小樺、梁秉鈞的對談，收錄鄧小樺：〈歷史的個人，迂迴還是回來：與梁秉鈞的一次散漫訪談〉，頁14。

[16] 葉輝亦認為：「《雷》裏的活動半徑是很私人的，不是要涵蓋整個香港，只是書寫了詩人最熟悉的地方，如北角至鰂魚涌，最多去到羅素街、都爹利街，詩的背景多在港島，寫到九龍的，就只有新蒲崗，因為有事情在那裏發生」。上述葉輝、鄧小樺、梁秉鈞的對談，收錄於鄧小樺：

　　梁秉鈞漫遊在自己所居住的城市；更精確地來說，是遊走於熟悉的生活區域觀察。從詩作中，我們或許可以發現梁秉鈞幾乎是以「步行」的方式來建構這街道、建築，形成空間意義。在《形象香港》（1992）中收錄的「形象香港」輯就是如此。這當中〈鴨寮街〉更是以「我沿街尋找……，沿街拍攝……，如何走一條崎嶇曲折的路到來……」作為詩句的起始。他幾乎是以「這些熟悉生活區域」作為「家」的認識起點；如同陳國球在香港作家陳智德《地文誌：追憶香港地方與文學》的序文所寫：「爸爸跟小時候的我說：不要怕迷路，只要你記得彌敦道，你一定可以回到旺角西陲，你的家」。[17]「街道」在這城市中，不僅僅是實際行走的道路，它隱含了「通往何處」？我們可以想見當詩人步行在這些街道時，他正要回家、正要去上班，這幾條街道與梁秉鈞的生活緊緊相繫。這些私人路線使得這空間具有「賦歸」[18]意義，一種「私密感」從而產生。這種賦歸的私密感、重複性，通往何處，正

〈歷史的個人，迂迴還是回來：與梁秉鈞的一次散漫訪談〉，頁14。

[17] 陳國球：〈我看陳滅的「我城景物略」〉，收錄陳智德：《地文誌：追憶香港地方與文學》（臺北：聯經，2013年），頁5。

[18] 這種賦歸（法語：retour）的意象常常與巢屋（家屋的意象）連結在一起，賦歸回去，回到熟悉的地方，這熟悉之處也許是個休憩、有著屋頂的角落、家、上班、學校等庇護所。家屋、角落、窩巢的私密意象與賦歸，可參閱〔法〕加斯東・巴舍拉（Gaston Bachelard）著，龔卓軍、王靜慧譯：《空間詩學》（臺北：張老師文化，2003年），頁178。

指向梁秉鈞的「香港生活空間」；換而言之，這使得香港成為
「地方」、有記憶、情感積累之處。

三、高樓底下的陰鬱街巷

　　隨著梁秉鈞詩「步行」，我們很快就會發現這些街道詩作的整體意象並不「廣闊」，若人行走在這些街道，隨之感受到「人的渺小」與「擁擠」、「陰鬱」。群起的「高樓」遮住日照，街道顯得無色彩，煙霧瀰漫；這幾乎成了梁詩的一種空間隱喻。

　　七十年代的〈北角汽車渡海碼頭〉（1974），「寒意深入我們的骨骼／整天在多塵的路上／推開奔馳的窗／只見城市的萬木無聲／一個下午做許多徒勞的差使／在柏油的街道找尋泥土」，「情感節省電力／我們歌唱的白日將一一熄去／親近海的肌膚／油污上有彩虹／高樓投影在上面／巍峨晃盪不定」，「沿碎玻璃的痕跡／走一段冷陽的路來到這裏／路牌指向銹色的空油罐／只有煙和焦膠的氣味／看不見熊熊的火／逼窄的天橋的庇蔭下／來自各方的車子在這裡待渡」。[19]梁詩「在柏油的街道找尋泥土」，與波特萊爾於巴黎，「在瀝青上採集植

---

[19] 梁秉鈞：《形象香港‧北角汽車渡海碼頭》（香港：香港大學，2012年），頁80。

物」，其實都是把對自然的觀察帶到城市中。這首〈北角汽車渡海碼頭〉中的「色彩」幾乎是煙塵籠罩下的灰色，「多塵的路上」、「冷陽的路」、「鏽色的空油罐」、「煙與焦膠的氣味」，彷彿是「黑白灰階的畫面」，就連該是「熊熊的火」，也不見色，而猛冒著灰煙。詩中唯一的顏色竟是海上「油污」的「彩虹紋」，而這彩虹紋映照著「巍峨晃盪不定」的「高樓影」。梁秉鈞不正面著實寫經濟發展的高樓象徵，反而從倒影寫之，視線擺放在那晃盪不定的扭曲感，並置著隨著經濟發展而來的「油污彩虹紋」。即便這是實景描寫，卻也透過詩人的空間排列，使得意象與意象並置，產生了諷刺哀傷感。高樓下的街巷，陰影而無光亮，在「灰階」生活中，來自四面的車子正等著渡海，風塵僕僕。本該是自然的草木，在城市中卻是「無聲」，觸目所及，充斥在這生活空間中，是狹窄的天橋、擁擠的、正在發動的車子以及碎裂玻璃。每個場景的鋪陳，都可以想見這裡來來去去的車輛、人群、可能發生的事故，這使得一切總在忙碌灰冷之中。

即便九十年代所寫的〈木屐〉（1990），依然可見「高樓」與「陰鬱小巷」的對比：

穿著木屐穿過樓梯街
我和影子穿著木屐穿過歲月

　　……

　　……

穿過樓梯街我穿的木屐掉了

失去一雙木屐一切便都失去了

穿過樓梯街（不覺眾鳥高飛盡）

高樓建起來（秋雲暗了幾重）

——節錄〈木屐〉

　　〈木屐〉中的「樓梯街」位於香港上環。這首詩原本是為了舞蹈家梅卓燕之表演所寫，凸顯表演者腳踏木屐在「樓梯街」舞蹈。[20]「樓梯街」自香港開埠初期即開始興建，與「樓梯街」相交的「荷李活道」，尚座落著百年文武廟。這條「樓梯街」不僅僅是條行走通道，它還具有了舊有歷史文化的空間意涵。當舞者穿著傳統木屐鞋，穿過樓梯街，同時也象徵穿過舊日歲月，而詩人讓「樓梯街」凸顯於高樓圍繞之中，產生時空對比。「穿過樓梯街（不覺眾鳥高飛盡）／高樓建起來（秋雲暗了幾重）」，這兩句皆鑲嵌了李白詩句作為後設說明，一是李白〈敬亭獨坐〉首句「眾鳥高飛盡」，[21]另一是〈聽蜀僧

---

[20] 張美君：〈寫給過渡城市的詩〉，收入梁秉鈞：《形象香港》（香港：香港大學，2012年），頁30。

[21] 〔唐〕李白：〈敬亭獨坐〉：「眾鳥高飛盡，孤雲獨去閒。相看兩不厭，

浚彈琴〉尾句「秋雲暗幾重」。[22]

　　〈木屐〉其實脫離了李白詩的原義、意境，直取了詩句本身，作為互文。李白〈敬亭獨坐〉首句「眾鳥高飛盡」講述眾鳥高飛，原本吱吱喳喳的喧鬧場景，隨著鳥群遠去，逐漸沉靜，迤而帶入下句「孤雲獨閒去」；此刻，無鳥無雲，幽幽然，寂靜之感不言可喻。但是，梁秉鈞卻穿著木屐走樓梯街，喀達喀達地敲打石板路，說著「不覺眾鳥高飛盡」；這「不覺」大概不是現實上，是否有鳥群受驚、飛走，而是著重內心知覺。當人走在樓梯街，充滿豐富歷史感的階梯上，就好像穿越了往日，所有回憶都在此時視覺化湧入。藉由木屐敲打石階的熟悉聲音，今昔相接，一切都宛如猶在。是故，這句「不覺眾鳥高飛盡」作用於：詩人藉由木屐聲，沉浸過往，再現片段與片段的人事記憶。而當往昔喧鬧繁華重演，「眾鳥高飛盡」的孤單寂靜感也跟著消失了。「失去一雙木屐一切便都失去了」，當傳統木屐鞋不再，也代表斷開了與記憶的聯結，同時也寓意了時代已過去。

　　承接走在樓梯街的豐盛記憶，下一句卻刻意將視線放至在

只有敬亭山。」
[22] 〔唐〕李白：〈聽蜀僧浚彈琴〉：「蜀僧抱綠綺，西下峨嵋峰。為我一揮手，如聽萬壑松。客心洗流水，餘響入霜鐘。不覺碧山暮，秋雲暗幾重。」

「高樓建起來（秋雲暗了幾重）」。李白詩句「秋雲暗幾重」，原指詩人聽蜀僧彈琴，十分暢快入神，而不覺天色漸晚，秋雲暮色漸重。但是，梁秉鈞將此句放入詩中，卻不在表達時間流逝之快，而是高樓建起，遮蔽了光線，整座天空顏色顯得灰重。

如同前述〈北角汽車渡海碼頭〉，「高樓」與「街巷」的並置，是香港城市化的常態，但詩人卻刻意挑選出來作為視角。這新舊、明暗對比的強烈感，使我們很容易想到了殖民經濟政策下，日益蓬勃發展的現代化、西化，而舊有的事物卻不斷地被迫拆遷。不過矛盾的是，所有殖民時期的產物，卻也是生活記憶的部分，糾纏了情感，所以下文〈老殖民地建築〉中，不見詩人對殖民建築有何批判、摒棄，反倒是帶著濃濃情感地，可惜它要受到修整拆遷，而深刻思考什麼是「標誌代表性」。

> 這麼多的灰塵揚起在陽光和
> 陰影之間到處搭起棚架圍上
> 木板圍攏古老的殖民地建築
> 彷彿要把一磚一木拆去也許
> 到頭來基本的型態仍然保留
> 也許翻出泥土中深藏的酸苦
> ……
> ……

把廢墟的意象重新組合可否
並成新的建築頭像是荒謬的
權力總那麼可笑相遇在走廊
偶然看一眼荷花池在變化中
思考不避波動也不隨風輕折
我知你不信旗幟或滿天煙花
我給你文字破碎不自稱寫實
不是高樓圍繞的中心只是一池
粼粼的水聚散著游動的符號

——節錄〈老殖民地建築〉

　　雖然詩人並沒有明確指出老殖民地建築究竟為何？但依據張美君所言，這棟就是香港大學的本部大樓，[23]也是梁秉鈞當時的教學所在地。本部大樓是法定殖民地古蹟，在1912年完工，意義上代表了香港大學的興起與歷史。這棟正在修整的殖民建築在「這麼多的灰塵揚起在陽光和／陰影之間到處搭起棚架圍上／木板圍攏古老的殖民地建築」，從詩句足見它的灰頭土臉，時間流逝將今昔斷開，過去的風光不再，而詩人抱持著什麼樣的心情呢？他似乎對重整翻修不以為然，而言「把廢墟

---

[23] 張美君：〈寫給過渡城市的詩〉，收入梁秉鈞：《形象香港》，頁31。

的意象重新組合可否／並成新的建築頭像是荒謬的」，「我給你文字破碎不自稱寫實／不是高樓圍繞的中心只是一池／粼粼的水聚散著游動的符號」。詩人為什麼會如此反感呢？我們或許可連結前文所述，梁秉鈞的「反中心性」思考，凡是刻意為之，塑造某種地標、標誌，大概不為詩人所稱許。因此假若真要為這棟修整後的本部大樓歌功頌德一番，詩人即說我給你破碎文字，而不寫實；不是高樓圍繞的中心，而是一池水面聚散著游動的符號。

四、不顯眼的「殖民」──經濟與日常

　　《形象香港》在詩人的編排下，分有四個部分：「形象香港」、「大牆內外」、「物詠」與「游詩」。「形象香港」部分主要收錄了：對香港街道文化的觀察，如前文談及〈北角汽車渡海碼頭〉、〈木屐〉、〈老殖民地建築〉、〈鴨寮街〉。對殖民處境的文化評論，如〈形象香港〉、〈花布街〉、〈邊葉〉、〈辨葉〉、〈煉葉〉、〈染葉〉。「大牆內外」部分談的是：中國文化以及到大陸所見所聞，其中〈廣場〉、〈家破〉、〈家具〉專寫六四天安門。「物詠」部分則借用古典詩的詠物，寫物以寓香港，而「游詩」則是旅外，談論異鄉，或者從異地回看香港。從書中編排，不難發現，梁秉鈞談香港，其實是置放在「全球化」的空間下，從香港本土、中國以及他國異鄉，在不同文化空間、地理位置審視香港。

　　這當中牽涉到前述所及，香港的殖民處境以及九七的回歸問題。尤其《形象香港》此書初版於1992年，正接近回歸敏感期限，英文書名「City at the End of Time」更明白昭示了這個城市正在「過渡」，而書中充滿了對於殖民與回歸等議題的討

論，亦觸及了敏感的六四議題。如〈廣場〉，在廣場上，「整理居所重拾種種意義／失去了屋脊我們在被搜查過的客廳／尋一綑新的繩子去丈量今天／想跨過地上縱橫的牽絆緊緊地」。又如〈家破〉，「我們要不要離開這個家？／同在一起已有好一段日子／我們逐漸成了彼此的扶椅／一起改變不能改變的屋宇／拆下牆壁清理累積的污垢／只不過想有更寬大的客廳／包容各種不同意見的客人」。顯而易見地，梁詩將天安門廣場予以「家」的意象，而「客廳」——意見交流的開放場所，正遭翻查，而我們也欲藉此機會重新建立更寬廣的客廳，容納更多元的表述。然而，這期望卻受到強烈鎮壓，「想拉開一幅布遮住塗污的肖像／風砂刮起紙屑雷暴劈裂了桌椅」（〈廣場〉），「忽然有一陣甚麼輾裂的聲音／啪啪的巨響來到我們之間／地面動搖人像像玻璃和花盆那樣破碎／在砸爛的泥土上我連忙扶你起來／卻發覺，你這答應與我重建一個家的／再也站不起來了」（〈家破〉）。當梁詩談及中國文化、空間以及六四天安門時，可以想見，心中也預設了回歸後的香港處境；兩相對照，今日中國，他日香港。[24]

---

[24] 香港人對九七回歸的殖民情結，詳見《今天‧香港十年》以及王慧麟等編著：《本土論述年刊2009：香港的市民抗爭與殖民地秩序》。由今而看，香港目前究竟是在「殖民」或「後殖民」狀態呢？不同學者與論述立場各有看法，左派愛國者認為是回歸母國，然而追求香港本土自主者，認為目前香港仍處在民眾無選舉權、沒有真普選的狀態下，仍是

　　接著，讓我們將焦點拉回香港的街道空間。若問到甚麼是「香港印象」的地標代表呢？繁華多彩的「維多利亞港」首先浮現腦海，它代表了香港的經濟與觀光。從殖民時期以來的城市發展，「維多利亞港」正展現了香港從一個小漁港主變成一個自由貿易港的國際城市；但也恰好如此，以「維多利亞港」為軸心的城市敘述，正是「殖民地主義且給殖民者與資本主義直接控制的歷史論述」。[25]學者郭恩慈對此現象，提出了一個疑問：「究竟維港以外還有沒有香港呢？」。[26]

　　梁秉鈞長期關注香港本土論述，顯然對此也頗有感觸。他在〈形象香港〉詩作中，舉了「他們」看待香港的刻板視角：「她是來自臺灣的小說家，以為自己／是張愛玲，寫香港傳奇，霓虹倒影／天星小輪泊岸的浪花，舊火車站／不斷複印的淺水灣酒店」，而香港印象到底該是什麼呢？在「眾皆不是」

受到宰制，僅是換對象殖民。2014年初，香港人走上街頭，為了爭真普選，反篩選，尤其還拿有中華民國旗幟，標舉當初孫中山革命思想於香港孕育之意義，足見中港臺特殊且複雜的情結。

[25] 郭恩慈認為將「維多利亞港」當作是一個「主導、表象性並具策略性的角色」，從1842年之前的小漁港開始敘述，經1942年鴉片戰爭開埠，再到五六十年代成為製造中心，以及現代的國際都市，這樣的歷史論述其實充滿了殖民地主義以及資本主義。郭恩慈：〈香港論述：不只維多利亞港〉，收入王慧麟等編著：《本土論述年刊2009：香港的市民抗爭與殖民地秩序》，頁11-12。

[26] 郭恩慈：〈香港論述：不只維多利港〉，頁15。

的歷史建構當中，梁秉鈞在詩末給了一個未完成的答案，「我
們抬頭，尋找——」。但即便如此，我們還是要問，梁秉鈞的
香港印象書寫，到底寫了什麼呢？我們可以發現，梁詩避開了
富有殖民色彩的主要地標：「維多利亞港」、「皇后碼頭」、
「天星鐘樓」等等，轉而將香港印象置放於「不顯眼處」：市
街小巷的經濟與日常。梁秉鈞的街巷書寫或許未能準確囊括香
港全貌，在多為直白的街景描述上，其詩作的意義與重要性，
不能僅從藝術美來評斷。承前文所論，這些詩作中的市街小巷的
空間，或許難以視為準確的「現實地圖導覽」與「客觀群體經
驗」。我們反倒透過梁秉鈞對香港「既個人又群體的觀察」，
揭露來自「家」、來自「生活」的情感積累與空間意義。

　　梁秉鈞怎麼處理這些市街小巷的日常呢？他並不全然從溫
馨懷舊入手，反倒從殖民經濟的角度，採取了批判的觀點。梁
詩對香港殖民處境的最大批判，絕大部分來自香港的高度現代
化。尤其從殖民地宗主國複製過來的現代化系統、工具理性思
維，在功利價值為先的發展下，即便文教藝術等較內涵精神價
值，往往變調成「城市的裝飾」；換言之香港形成「殖民現代
性」下的「功能城市」。[27]在殖民教育方面，同樣可見港英殖

---

[27] 關於香港在殖民政策下成為「功能城市」之弊病，參閱馬傑偉：〈由
　　「功能城市」到「宜居城市」〉，收入王慧麟等編著：《本土論述年刊
　　2009：香港的市民抗爭與殖民地秩序》，頁25-29。

民政府，刻意削弱香港的民族性、文化性，而強化商業經濟等學科發展。[28]因此香港的高度現代化的經濟體系，其實是架構在殖民政策之下的處境。

　　從香港街道空間來說，當梁秉鈞詩直指經濟發展過度下的社會偏斜，也就是行走在殖民空間下，透過日常視覺物件的堆疊、拼湊，看見香港在中西混雜、現代傳統之間拉鋸，而產生文化上的消耗。以〈花布街〉（1992）與〈鴨寮街〉（1992）為例：花布街與鴨寮街位處「深水涉」，花布街並不是街名，而是幾條街所形成的區域範圍，販賣傳統布匹為主；而鴨寮街曾是一片鴨寮，經歷變遷，後來轉變成電子用品零售的聚集地。如葉輝所言，「花布街要有傳統和時間的積累，鴨寮街卻需要時間的更新」，[29]兩相對照，可見香港在現代快速與傳統累積上的拉扯。〈花布街〉中，傳統與現代交雜，布匹上，各式花樣融雜了不同的審美、異樣的文化，形成非純然的中國：

　　我們追隨時尚步步向前

　　又好似步步走回過去

---

[28] 香港的殖民教育詳見葉建源：〈英國統治下的香港殖民地教育經驗〉，頁62-64。

[29] 魏家欣、郭麗容記錄整理：〈在時間伊始的四重奏〉，收入梁秉鈞：《形象香港》，頁260。

熱帶森林的闊葉、陰鬱的
藤蔓隨一個女子走過而擺動
形成一種新的花款
並沒有什麼特別的含義，流動
胴體上浮現的花瓣，慾望的
轉折處，驃悍動物的花斑
每個人以奇怪的方式表達
或者隱藏自己。古中國的寶塔
折成數截。我如何為你剪裁
模糊的明天？
……
……

在挫折中的生長，軀體想改變
卻不知自己需要甚麼
……
……

挑釁的鞋尖、誘惑的衣領──
唉，盡是陳舊的意象
層層疊印了別人圖案的花布
那麼多酸餿的抒情性愛的
暗示，你要不要披在身上？

可相信重新剪裁──眼前就只有

這些東西──能做成一件

新的衣裳，穿成合身？

──〈花布街〉

　　詩中可見身軀曲線展示著花布圖案，而花布圖案不僅是衣裳，而隱喻了穿著者的姿態與內涵；延伸來說，即是香港形象的樣貌。因此梁秉鈞說：「每個人以奇怪的方式表達／或者隱藏自己。古中國的寶塔／折成數截。我如何為你剪裁／模糊的明天？」香港的未來，香港的樣貌，究竟要走向何處，看似往前追求新潮，有時卻又是復古為時尚，又好似步步走回過去。「模糊的明天」如何清晰呢？梁秉鈞認為應該要「回歸自己」；是故第二段結尾，又再次提出「在挫折中的生長，軀體想改變／卻不知自己需要甚麼」的質疑。這樣的反思亦見〈鴨寮街〉：

二

城市過剩的影象如垃圾棄置

重重疊疊發出酸餿的氣味

要那麼多東西嗎？其實我並不需要

你買來名牌時裝挽救動搖的信心

　　……

　　……

　　三

　　沿街拍攝不免墮入羊毛和呢絨的塵網

　　這裏昔日原是布料總匯商店繽紛披展

　　綾羅綢緞當你穿上不同戲服你就可以

　　扮演不同角色訴盡心中衷情

　　為什麼要敲響奇怪的鑼鼓呢香港

　　為什麼要問奇怪的話關於我們

　　如何走一條崎嶇曲折的路到來

　　今天我們繼續前行看見塌盡門牙

　　舊宮廷我們停下喝豆漿等看一齣新戲

　　你說這兒昔日可能原是鴨子的家

　　現在卻是人的商場零件的天堂

　　你想挑一張椅子充當歐洲庭園的道具

　　店主說一買得買全套連起所有無用的行當

　　　　　　　　　　　　　　　　──節錄〈鴨寮街〉

　　〈鴨寮街〉充斥著買賣的商業交易，人們在購物消費中，以最新、最流行卻零碎的行頭，拼湊自己的風貌。而在梁秉鈞的眼中，這些交易並非出自「需要」。詩中隱藏了一個強烈疑

問：「為什麼要敲響奇怪的鑼鼓呢香港／為什麼要問奇怪的話關於我們／如何走一條崎嶇曲折的路到來」，換言之，在這流變快速的買賣社會，我們所需與被推銷的到底是什麼呢？我們究竟要走向何處呢？最後兩句，「你想挑一張椅子充當歐洲庭園的道具／店主說一買得買全套連起所有無用的行當」更為諷刺。那個崇尚西化風情，想要買張椅子充當「道具」；「道具」所指僅是擺放增添風味之用，而非實用，也非置入生活之「家具」。但店主卻說：得買整套，所有通通都得買單。這不就正反映了香港處境嗎？除了資本、現代化的經濟發展的表面風光之外，在殖民體制下的所有政治、教育，不管是否適切於香港，皆得全盤接受，沒有自主權利。

〈花布街〉與〈鴨寮街〉中，街道上的人們，在面對中西合併的時髦商品時，無法確立自己到底想要什麼，可要什麼；而視線所及，所有物件、景象都拼雜擺放。梁秉鈞從商場上這些錯落的物件堆疊，看到了文化的交錯擠壓，嗅到了物質（欲）過剩的腐敗酸餿氣味。在〈花布街〉中，衣服圖案「層層疊印了別人圖案的花布／那麼多酸餿的抒情性愛的／暗示，你要不要披在身上？」以及〈鴨寮街〉中，「城市過剩的影象如垃圾棄置／重重疊疊發出酸餿的氣味／要那麼多東西嗎？其實我並不需要」，這反映了香港隨著商業經濟而轉變、跟隨的、拼湊的他人流行，在大量的物質買辦下，卻難以辨別主體

需求。梁秉鈞並不完全強勢地反抗殖民，而更凸顯、重視：我
們擁有的是什麼，如何在殖民西化、現代化當中，看見自己，
塑立主體。

五、「殖民」與「樂土」的錯位

　　香港在可預知的九七時限下，必然回歸，那麼對梁秉鈞來說，香港的未來是什麼？或者我們可進一步追問的是，在梁秉鈞詩中，是否有建構出「未來生活」的美好圖像？我們將這幸福未來的圖景，稱之為「樂土」。如果殖民底下的資本經濟，高樓迎面壓迫，讓梁秉鈞感受到灰冷；倘若這城市不斷拆遷舊物，追逐新立，促使他感覺到主體性的失落。那麼，梁秉鈞的「樂土」在哪呢？

　　若從中國古典詩文來看，「樂土」的意涵可從《詩經‧碩鼠》、陶淵明〈桃花源記〉與〈擊壤歌〉來理解。[30]〈碩鼠〉第一章曰：「碩鼠碩鼠，無食我黍！三歲貫女，莫我肯顧。逝將去女，適彼樂土。樂土樂土，爰得我所！」此「樂土」是相對於執政的殘暴迫害之地，人民欲另覓他處生活。陶淵明〈桃花源記〉中的樂土世界，則遠離了塵囂，回到小國寡民，自給

---

[30] 「樂土」的內涵與意義參閱歐麗娟：《唐詩的樂園意識》（臺北：里仁書局，2000年）以及楊牧：《失去的樂土》（臺北：洪範書店，2002年）。

自足的安和景地。楊牧認為中國人的「樂土」想像,「不在未來,在過去」,那有如神話般的堯舜時代,如同〈擊壤歌〉所展示:「日出而作,日入而息;鑿井而飲,耕田而食。帝力與我何有哉?」那是一個無政治寓言干擾,日常如實之下,充分自得的理想世界。[31]

可是,梁秉鈞詩並沒有直接回答「樂土在哪」;相反地,梁詩少見生活的閒適——除了最後出版的《普羅旺斯的漢詩》(2012),記錄了他在法國養病休息的日子。這本詩集中可見陽光撒滿小路、農作物美好而強健生長。他在〈後記〉提到:「我想過寫一本新的《詩經》,追溯那種樸素美好的想像。我也願認識更多陽光下南法和意大利的事情人物,那會是現代版《詩經》的好題材」。[32]自這本詩集,或許可窺見梁秉鈞的想望生活,其實是前述〈擊壤歌〉所示:人自食其力,人情相親,而生活無關政治社會。舉〈做餅〉為例,梁秉鈞詳細地描述每一個人做餅的動作,「他在搓好的麵粉上加上/乳酪、橄欖油和雞蛋/她把青綠的葉子切成一絲一絲」,「大家一起做餅:來自村子裏的/一家人:開店的、教書的/小孩子,還有老去的嬉皮士」,詩句如實而不帶隱喻。再看〈隨瑪莉到花園

---

[31] 楊牧:《失去的樂土》,頁6-7。

[32] 梁秉鈞:〈後記〉,收入梁秉鈞:《普羅旺斯的漢詩》(香港:牛津大學,2012年),頁142。

去〉，「這是羅勒，這是／小小的洋蔥／這是特別小的紅蘿蔔／成長時都擠在一起／我們挑特別小的紅蘿蔔／摘去一些／留一些空間讓大家生長」。又或者〈安文在山上看書〉，當中被蜘蛛、甲蟲、蒼蠅騷擾，換了地方看書，純粹記錄每個自在的片段，「低頭看書／有時忍不住笑出聲來」。對照梁秉鈞《蔬菜的政治》、《形象香港》、《蠅頭與鳥爪》擅長以食物諷喻政治、文化的寫作風格，《普羅旺斯的漢詩》其實有了很大的轉變，他在樸素美好的生活當中舒展，收起筆鋒的尖銳與緊繃。梁秉鈞眼看著每一株植物、每一個人親近自然，擷取所需，動作都被詳實記錄。我們或許可以說，梁秉鈞心裡想望的樂土，其實就是很日常一般的生活，如同〈擊壤歌〉中，「日出而作，日入而息；鑿井而飲，耕田而食」。不過，我們得反問，那香港呢？香港可否有他想望的樂土？我們或許可以由此連結及對比梁秉鈞的香港形象，辯證出隱藏於詩語言下的樂土所在。

如前文已述，「街道」書寫其實隱含了「通往何處」的空間寓意。而當梁秉鈞詩談及殖民文化時，常隱含、指向了消失不可得的「過去」，記憶性的，往日的消散。而這「過去」糾纏著「情感記憶」、「逝去不可再得」的美好。我們時常可見梁秉鈞詩的表達結構是如此。例如〈木屐〉就是一個典型例子，詩中踩著舊時木屐，走過石階，過去記憶湧現，「衣──

裳──竹！」、「磨鉸剪鏟刀」都是舊時器具、生活，「我
蹲下來在石級上摸索我的影子／汽車隆隆聲中好像聽見你的聲
音／好像說：那時……花開……一十一／說話斷續破碎我逐漸
聽不明白／不知可不可以跟失去的聲音相約：／明朝有意穿著
木屐再回來？」。在這街道過去可見年少記憶，百年的香港文
化，而總在過去的時光中，才有陽光、寬敞的路，這種種閒散
日常，即是記憶中的樂土，也總牽絆著惜逝的美好。〈雞鳴〉
收錄在《普羅旺斯的漢詩》，也吐露了這種今昔感嘆。過去的
記憶與習慣都還在，卻被「現實」所截斷，而這「現實」卻是
都市化後，遠離了「自然」與「本來」：「灰濛濛一片／鳥兒
的聲音／三三兩兩點捺／是渡船嗎？／是楊柳還是貨櫃碼頭？／
遙遠的白線／燈光熄滅了／陽光還沒有出來／她說：天亮了／
他說：還沒有呢！／看不見星了／她說：盡是汽車的聲音！／
來不及了／事物在轉變──／更好或更壞？朦朧的輪廓／我們
被迫參與防守的列陣／或無謂的邁進／本來不是這樣的，但如
果／沒有本來呢？」詩中由鳥兒叫聲起興，仿若該是熟悉的一
天開展，然而這熟習的美好記憶、舊景：渡船、楊柳、陽光、
星星全被貨櫃碼頭、燈光、汽車聲音給錯亂了。

　　這種關於「惜逝過去」的美好，將記憶中的樂土「錯位」
於殖民時期。「錯位」意指「一種認知方向性的顛倒」以及
「交錯於不同層面」。後殖民批判通常質疑地景上那些最牢固

的地景，因為地景書寫創造了國族空間，[33]如同前述香港非常
具有殖民性的地標：維多利亞港、皇后碼頭、天星碼頭鐘樓
等。但是如前文所述，香港的殖民狀況是特殊的歷史處境，他
們對殖民狀態保持著抱持著「過渡」的態度，也因此香港人看
待這些殖民地景，除了這是殖民主義下的產物之外，實際上這
也是日常生活、記憶的一部份。因此，梁秉鈞詩「惜逝過去」
的美好，並非是懷念「殖民」統治狀態，而是同步在時間下的
過去生活記憶。因此，以「殖民」與「樂土」的「錯位」，
表示欲脫離殖民統治狀態，卻又將樂土指向殖民過去的生活
記憶，呈現「一種認知方向性的顛倒」以及「交錯於不同層
面」。以天星碼頭鐘樓為例，梁秉鈞在文章提到，西元2006年
底，香港政府欲拆遷碼頭鐘樓，引發民眾抗議，認為這是「香
港人的集體記憶」；梁秉鈞表示，雖然天星碼頭「未嘗不可說
是殖民主義的風味」，但「在實際應用上也在香港人的生活中
扮演了一個重要的角色」，而五十年代以來許多的文學與電
影，都以此渡輪為典型場景。[34]由此可見，香港空間的文化與

---

[33] 國家權力常會藉由重寫過去來創造國族空間，「古代地景隨著時間而被
賦予不同的詮釋，顯示地方的意義可能成為政治爭執的一部分」，特別
是殖民政府所遺留下來，具有象徵意義的建築，常常被重新編納而正當
化。詳見〔英〕麥克・布朗（Mike Crang）著，王志弘等人譯：《文化
地理學》，頁48、50。

[34] 也斯、〔日〕四方田犬彥著，韓燕麗譯《守望香港：香港——東京往復

歷史的特殊性。因而,梁秉鈞詩中避開、略過這些殖民敘述下的地標,一方面不落入資本主義以及殖民主義的歷史敘述,另外也正是因為這一些殖民建物也進入了他的家園生活,成為記憶的一部份,所以在梁秉鈞詩文當中,他並不透過摧毀或批判這些殖民地景,建構出他的香港家園圖像,而將視線放置在市街小巷的不顯眼處、生活日常。

書簡》,頁168-169。

六、結語

　　梁秉鈞《印象香港》的空間書寫並非「地圖導覽」或著重於「城市的重要標的物」，他或許無意塑造香港的特殊性，因為香港對於梁秉鈞來說，已不僅是具有殖民經驗的特殊文化空間，而是充滿經驗、情感累積的「地方」。因此，在梁秉鈞詩文中，處處可見他生活步行的軌跡，這是一種「家」的街道漫遊。隨著梁秉鈞詩「步行」，就會發現他所記錄的市街小巷的並不「廣闊」，反而常處在與「高樓」對比的「陰鬱」之中，而這「陰鬱」來自於實際高樓的遮蔽光線，以及延伸隱喻了現代化城市使生活喪失了往日的光亮、美好。

　　梁秉鈞呈現香港的空間印象時，選取「不顯眼的香港」、「日常瑣碎」、「物件堆疊」的特殊視角，進行空間書寫。當在殖民政策下，高度發展資本主義，時髦商品，過剩的物欲，整座城市已不知自己所需，而在梁秉鈞詩中，便以日常物件的視線堆疊、拼湊呈現這種經濟傾斜。在梁詩中，這些不顯眼的街道、物件其實正是一種很日常生活、被經濟左右而無可奈何的香港圖象。當梁秉鈞詩談及殖民文化時，常隱含、指向了消失不可

　　得的「過去」，而這「記憶性的過去」糾纏著「情感記憶」、「逝去不可再得」的美好，也是他寄託「樂土」的所在。

　　我們或許可以梁秉鈞在2009年所寫的〈臥底槍手逃離旺角〉詮釋這種「殖民／樂土」的複雜情感，以作為餘響。它代表著：我批判著我的家園，我的家園並不全然美好，但這是我記憶豐碩、存有的家園。

火車穿越高山

和變換的季節，最遠的放逐

離不開心的暗區。明媚的山水

如此秀麗，他負傷挨在座位上

穿越世界也可能只會哼唱自憐的

黑色歌謠，或以為展示傷疤就是

唯一的反抗？草原上的小房子

一對互相扶持的老夫老婦

未嘗不扯去他羨慕的眼光

但背囊太重了，各地的天使

早有歸宿，他繼續孤獨的旅程

知道未必能找到一個未曾扭曲了

生態的社區、未嘗落入窠臼的反抗

不知是他最大的悲哀，還是快樂

當有日放逐者歸來，回到旺角

　　　　　　──節錄〈臥底槍手逃離旺角〉

第四章

俯仰追憶
——論楊牧歷史意識下的山水家園

楊牧的山水書寫承續了傳統物我互為主體的觀看模式，同時也添加了家園式的私密性、親密性，形成「窩居」的空間，以此隔絕外在現實，並保護內在的夢想。

這是一種「永恆不變」的理想型、神聖性空間，而「過去－現在－未來」的歷史意識，也往復校正、督促著現實空間中的楊牧繼續前行。

一、山水書寫的發展脈絡

　　山水詩的傳統主要發展自中國魏晉時期，居處城市的詩人在戰亂頻仍、社會動盪的外緣語境下，為了避世避亂，引遁山林，藉詩作談玄山水，顯現出人與自然之間的物我互觀、情景交涉。這類傳統山水詩，普遍被學者定義有幾項典型性特徵與特定的語境脈絡：第一，「山水詩」之「山水」，泛指大自然界的事物，具有自然美，並蘊含了「人化自然」。[1]「人化自然」處理了主客觀問題，在此論述脈絡下，「第一自然」山水存在自然界實體中，當遊歷者觀看、意念涉入再現落實至語言表現層，則為「第二自然」。第二，山水詩的本質性規定含有「體道」、「悟理」等特殊觀看，尤其是在宋晉之後，從「博物」的地理書寫，轉換成「玄化」之「山水地理」。[2]林文月

---

[1]　朱光潛：〈山水詩與自然美〉：「所謂『山水』，泛指大自然界的事物，所以涉及自然美的問題。」，「人的意識形態性或階層性在那感覺過程中便與自然景物由對立而趨向融合，這種融合反映了自然，也表現了他自己，美就由是體現」，收錄於伍蠡甫編：《山水與美學》（臺北：丹青圖書有限公司，1987年），頁193-194。

[2]　「體道」與山水詩之「玄化」參見楊儒賓：〈「山水」是怎麼發現的─

在〈中國山水詩的特質〉一文，便以謝靈運詩為範型，指出山水詩的典型佈局結構在於「記遊寫景」、「興情悟理」。[3]第三，山水詩的題材主要在自然物色，如何再現山水；而「吟詠其志」則為寫作最終目的。也因此山水詩的寫作技巧著重「巧構形似」，極盡所能地，以「比興」、「誇飾」等修辭，力圖於紙上再現山水。[4]

那麼現代文學中的山水書寫，在文學發展的脈絡上，又承繼了多少，改變多少呢？吳明益在《臺灣自然書寫的探索1980-2002》討論了臺灣現代自然書寫對古典自然傳統的異質與承繼，他認為傳統山水詩對應多半在「個人的情思，或徘徊於仕、隱之間的抉擇，或遊仙，或送別，或呈現天人合一的感悟領會」，臺灣現代自然書寫仍存在「追尋樂土、鄉愁、避世隱遁」等內容，但是更顯著集中在反映「如何對應工商業文明之後，自然的疏離、崩壞，以及重建其中的倫理關係上」。[5]臺

「玄化山水」析論〉第30期（2009年6月），頁215、217、231。林文月：〈中國山水詩的特質〉中，認為所謂「山水詩」應是指「模山範水」，包括大自然的一切現象，山水、草木花卉、鳥獸等等。林文月：〈中國山水詩的特質〉，《中外文學》第3期第8卷（1975年1月），頁152。

[3] 林文月：〈中國山水詩的特質〉，頁153-154。

[4] 廖蔚卿：〈從文學現像與文學思想的關係談六朝「巧構形似之言」之詩〉，《中外文學》第3期第7卷（1974年12月），頁21。

[5] 吳明益：《臺灣自然書寫的探索1980-2002以書寫解放自然book1》（新北市：夏日出版，2012年），頁143。

灣現代詩中的山水的確因為蘊含了詩人與當下時間、空間互為因果的關係性脈絡以及歷史語境，這使得出現代山水詩文類與傳統山水詩有共同特質，但也因詩人個殊語境而形成了某些關係限定。綜覽現代詩文類，仍主要以體道悟理為大宗，將個人情思放諸山水空間，既是遊憩也是物我觀看。

歷來論述楊牧詩文，都不會忽略楊牧的花蓮意象、山水美感等重要寫作特質。曾珍珍著眼於楊牧詩中的自然生態，歸納其各期寫作，指出「魚類洄流」、「星圖」、「原初書寫」、「蟲魚鳥獸自況」等母題，正是楊牧極欲建構的象徵系統。[6] 賴芳伶則認為楊牧「山水詩兼攝中國古典傳統與西方山水的浪漫精神，融貫秀美含斂的情致，與崇高玄佈的哲理」。[7]循此，我們可以說楊牧此一書寫特質承繼了山水詩類型的傳統脈絡——悟理，同時也試圖建立出一套現代山水的象徵系統。但另一方面，賴芳伶也藉由〈俯視〉與〈仰望〉兩首詩，指出楊牧雖寫山水，但詩中卻沒有我們熟知的地誌特質，它「沒有表相的風物色采，亦很難說它有族群意識的喚起與凝視」，它是「詩人凝住大自然，大自然與詩人之間反覆周旋的內部

---

[6] 曾珍珍：〈生態楊牧——析論生態意象在楊牧詩歌中的運用〉，《中外文學》第31卷第8期（2003年1月），頁176。

[7] 賴芳伶：〈俯視——立霧溪1983〉和〈仰望——木瓜山1995〉的山水美感世界〉，《新詩典範的追求——以陳黎、路寒袖、楊牧為中心》（臺北：大安，2002年），頁272。

對話」，充滿著重重的典故隱喻。[8]陳芳明也持有類似看法，他認為楊牧的山水主要仍是詩人最原始的鄉愁，這是空間與時間所造成的地理與心理的雙重鄉愁。[9]張芬齡與陳黎也以〈花蓮〉與〈帶你回花蓮〉為例，認為楊牧「把花蓮定位為等待由愛情賦予全新意義的全新疆域」，「家鄉不只是一個滿載往昔記憶的熟悉地方，而且是一個全新的生命起點──詩人、新娘、家鄉形成了三位一體的和諧關係」。[10]楊牧曾說「但知每一片波浪都從花蓮開始」，當他編寫《奇萊前書》、《奇萊後書》追述童年，就選以「奇萊」為名，追憶過往，形塑建構主體。這都足見山水之於楊牧的重要性。

　　本文將楊牧山水詩放諸於古典脈絡，是為了研析此類型性之共相與殊異。不過詮釋之前，得先考量創作者本身的書寫語境──他對傳統以及文類承繼的看法。楊牧是非常具有自省力的創作者，他在每本詩集序，都詳細交代此書的寫作歷程，他如何突破以往的限制，又如何深刻反思當代創作與古典傳統之間的承繼問題。因此，對於一位極具「歷史意識」的創作者而言，「歷史意識」不僅意味著社會文化的積累，而且還蘊含著

---

[8]　同前註。

[9]　陳芳明：〈永遠的鄉愁〉，須文蔚編選《臺灣現當代作家研究資料彙編：楊牧》（臺南：臺灣文學館，2013年），頁339。

[10]　同前註，頁258。

「文學創變」的動力因。因此，若能從「楊牧的歷史意識」切入，作為詮釋文本的關係限定，則能使楊牧的山水書寫放置在傳統山水詩的脈絡上，以彰顯臺灣現代山水詩在此類型書寫的創變。同時，亦能清楚呈現楊牧的山水家園不僅僅是為了鄉愁而已，更是他個人具有歷史意識下繼往開來的具體展現。

二、歷史意識──楊牧所面對的世界

　　王國瓔在《中國山水詩研究》書中提出，山水之迷人在於，「在僻遠的山林中或洲渚上，生長著象徵高潔與理想的草木；而且山的高峻和水的奔瀉產生一種洗滌心神的力量，能起舒愁療憂的作用」，[11]因此山水詩除了「記遊性質」、「模山範水」之外，總帶有因景引情而產生「悟理」的過程。[12]因此，「悟理」的前提是作家所面對的實存世界所產生的種種有待釐清的困惑，如同宗炳（375-443A.D.）遊覽山水、畫山水，是為了「澄懷觀道」，這是玄化山水的脈絡。[13]楊儒賓認為作者或讀者要進入「玄化山水」，得要預備「氣化靈通之身心狀態」，「道佛兩家的修養工夫」與「觀者的藝術修養工夫」，而典型的山水觀是「非私人性的，非情感式的，是一種精緻的道之體現」。[14]若以此來看，楊牧之悟理，所面對的世界，大

---

[11] 王國瓔：《中國山水詩研究》（臺北：聯經出版社，1986年），頁33。
[12] 同前註，頁155。
[13] 楊儒賓：〈「山水」是怎麼發現的──「玄化山水析論」〉，《臺大中文學報》第30期（2009年6月），頁235。
[14] 同前註，頁218。

體上並非是道家玄化之道，其偏向在於具有歷史意識、欲釐清自身存在之懷抱，他所悟理的世界廣泛來說是並時性的社會文化語境以及歷時性的積累。具有歷史意識的詩人，明白自身生命之於文化長河上的位置，內涵著群己的觀看，而非孤立存在。

　　楊牧在《一首詩的完成》引艾略特（T.S Elliot）〈傳統與個人才具〉中的一段話，強調「歷史意識」對於詩人之重要性：

> 　　任何人過了二十五歲假如想繼續以詩人自居的話，歷史意識乃是他不可或缺的條件，歷史意識還包涵了一層認知，不但認知過去之所以為過去，也認知過去是存於我們眼前。歷史意識迫使一個人在落筆當下，不但自覺到他和這時代的關係，還體會了自荷馬以降整個歐洲文學以及那其中他自己國族的文學全部，體會到這些都是同時存在的，構成一個並行共生的秩序。
>
> 　　以此為志向，「繼往開來」則是一種具有責任感與必然性的使命，也為創作者嚴肅看待自身創作的根基。[15]

楊牧思考傳統之承繼不僅僅來自於他豐厚的古典涵養，同時也是一種古今之「同情共感」，他說「古人和今人同在，而我

---

[15] 楊牧：〈歷史意識〉，《一首詩的完成》（臺北：洪範，1989年），頁55-56。

們現在努力工作也就像是為了延續一個永遠不會消滅的『過去』」。[16]因此，當我們閱讀楊牧詩時，若能以「楊牧的歷史意識」做為理解語境，如此更能清晰成像詮釋詩作。當我們認知到「繼往開來」的觀念深植於詩人的「歷史意識」時，那麼楊牧所面對的山水，就不僅僅是遊憩賞玩的自然風光、一己思鄉之喟嘆；其山水深刻的美感經驗也根源於其歷史性的存在，也指涉人與自然的對話傳統。

　　傳統山水詩歌，以謝靈運為典範的「模山範水」書寫，具有記遊寫景、感悟興理的部分，這些士人走出城市到了郊外，或者到山林避亂，在世事動盪之際，欲寄託山水，體驗永恆的「美感」與「道」。這個「出走」的空間移動是離開「所居住的地方」，來到「陌生化」、「非家園」的空間，雖然一草一木皆是知識上的認識，何處山水皆有不同景致。作者常實地察探四周環境，觀象取譬，將所見事物形成「感覺空間」，[17]但這些書寫都不盡然等同於楊牧山水。就楊牧的語境來說，山水幾乎代表同一

---

[16] 同前註，頁66。

[17] 瑞夫（Relph）以地方關係界定了四種空間意義：第一種為「實用」空間（pragmatic space），由身體處境所組成（如上下左右）；第二種是感覺空間（perceptual space），由觀察者為中心，由觀察者所見的事物、意象所組成；第三種是存在空間（existential space）則除了上述感覺空間，還有文化結構、社會意義存在；第四種認知空間（cognitive space）則是抽象地塑造空間關係。詳見〔英〕麥克‧布朗（Mike Crang）著，王志弘等人譯《文化地理學》（臺北：巨流，2003年），頁111。

意義：「花蓮／臺灣」，更明確來說他的山就是中央山脈的山系；而山水書寫都透顯著生活記憶的「親密感」與「私密性」。或許我們可以這麼說，楊牧的山水被創作者自己預設了「回歸故土」的情境。陳芳明也以〈瓶中稿〉、〈帶你回花蓮〉、〈花蓮〉、〈俯視—立霧溪一九八三〉與〈仰望—木瓜山一九九五〉建構楊牧在「離鄉」—「肉體的流亡」到「懷鄉」—「精神的回歸」回顧故土，所產生的強烈歷史意識。[18]

我們若把楊牧諸多詩文視為一個完整語境，楊牧在《奇萊前書》所匯集的《山風海雨》（1987）、《方向歸零》（1991）以及《昔我往矣》（1997）文學自傳已將他所面對的世界與問題大致勾勒出。楊牧說：

> 那是八十年代中的事，我下筆疾書，胸懷裏有一片悠遠的綠色山谷，深邃如神話重疊的細節，形貌彷彿隱約，倫理的象徵永遠不變，那崇高的教誨超越人間想像，不可逼視，巍巍乎直上雲霄。我收斂情緒，沉思，仰首：奇萊山高三千六百零五公尺，北望大霸尖山……永遠深情地俯視著我……而當文字留下，凡事就無所謂徒然。[19]

---

[18] 陳芳明：〈永遠的鄉愁〉，須文蔚編選《臺灣現當代作家研究資料彙編：楊牧》，頁337。

[19] 楊牧：〈序〉，《奇萊前書》（臺北：洪範，2003年），頁5。

文字所揭，「神話的」、「倫理的」、「教誨的」、「不可逼視的」，具有一種神祕性、神聖性，當是人仰望高處，所形成的一種「崇高」的美感。詩人面對空間實景之崇高雄渾，常轉至時間上的焦慮。賴芳伶曾指出楊牧這種空間轉向時間，引發對天地真理的質疑，類似於西方的浪漫詩人，同時也是中國古典山水詩的傳統；當詩人「在詠嘆空間無窮之際，很快就轉入人生瞬息（時間）的悲慨」，「思索存有的本質問題，或轉入一個『歷史性的有限』」。[20]

這歷史的有限性是甚麼呢？王建元引述海德格在《存有與時間》提到：「唯有『現今存在的存有』（Dasein is）亦為『曾經──現今的我』（I am-as-having-been），它才能以一回歸的姿態而又未來地迎向自身。本著真純的未來性，存有的現今存在亦是其曾經的存在。一個人對自身的極變能力的預期即是了然的回到自己極度的『曾經』（been）。唯有它具有未來性，存有才能真正地『存在』（be）曾經之中」，王建元以此解釋詩人在將自己與赫壯的自然世界之間的關係置諸於時間的

---

[20] 賴芳伶：〈俯視──立霧溪1983〉和〈仰望──木瓜山1995〉的山水美感世界〉，《新詩典範的追求──以陳黎、路寒袖、楊牧為中心》，頁277。相關山水詩作的空間意識及美感亦見宗白華：〈中國藝術意境之誕生〉，收入《美學的散步》（臺北：洪範，1981年），頁11-36。以及王建元：〈中國山水詩的空間經驗時間化〉，收入《現象詮釋學與中西雄渾觀》（臺北：東大，1992年），頁131-165。

向度，而這當中所產生的時間噓嘆，其實是預期了以死亡為終極的將來之中。[21]循此，在歷史的有限性以及存有的語境下，我們重新詮釋楊牧詩，當他不斷仰望奇萊山，再再強調奇萊之「不變」，「奇萊山高三千六百零五公尺，北望大霸尖山……永遠深情地俯視著我」（《奇萊前書・序》），「山的形象不變，除了雲霧濃淡以外，山永遠是不變的，俯視著我」（〈接近了秀姑巒溪〉），奇萊山是花蓮的替代，而花蓮跟臺灣的象徵又是相連不分，[22]如前述楊牧所提示，當他回歸後，面對臺灣正變遷的社會環境，看著花蓮山水，也是望向曾在此地生長的自己，那是一種凝望、理解以及回應著一個永恆不變的真理，用以定錨自己。

上述的歷史意識不僅僅是在內容意義，顯現出回望故土、探問社會之公理正義，同時也下貫至楊牧的詩體類型。因為具有歷史意識的創作者，會明白自己的創作乃是在「文化傳統」之存在情境，在既有的「文體規範」當中承續與創變。[23]

---

[21] 王建元：〈中國山水詩的空間經驗時間化〉，收入《現象詮釋學與中西雄渾觀》，頁140-141。

[22] 陳義芝在〈家鄉的想像與內涵──楊牧詩與花蓮語境〉表示花蓮頻繁地出現在楊牧的「現實際遇跟心靈構想，楊牧認為：花蓮代表他的臺灣，代表臺灣那個年代的留學生」。陳義芝：〈家鄉的想像與內涵──楊牧詩與花蓮語境〉，收入《風格的誕生：現代詩人專題論稿》（臺北：允晨文化，2017年），頁149-150。

[23] 顏崑陽：〈文學創作在文體規範下的經緯結構歷程關係〉：「中國古代

　　楊牧在每本詩集的序都會交代此一時期的創作理念跟試圖實踐的寫作策略，他在《完整的寓言》的序自言「我的詩嘗試將人世間一切抽象的和具象的加以抽象化，訴諸文字：我的觀念來自藝術的公理，我不違背修辭學的一般原則，而且我講文法，注重聲韻。我不希望我一首完成了的詩只能講一件事，或一個道理。惟我們自己經營，認可的抽象結構是無窮盡的給出體；在這結構裏，所有的訊息不受限制，運作相生，綿綿亙亙。此之謂抽象超越。詩之有力在此」。[24]楊牧又在2010年《楊牧詩集Ⅲ》中的〈自序〉提到「所謂抒情，乃是作者以他最嫻習，完整的技術付諸當時所見聞，將眼前的山川或記憶的人物事件因勢定位，於未盡言之語境裡產生隱喻，遂轉用你我人稱，既介入自然層次，復慴習古人的感觸，命定的遭遇」，楊牧曾表示在1986年時，他便意識到這並不是他心目中的創作，他開始在詩作中調動「時態」與「人稱」的變化。[25]筆者

的文學家不管創作實踐或論述，皆明白地意識到自己的文學活動乃在『文學歷史』與『文學社群』的存在情境中展開；也就是『文學創作』不是一種在個人孤立狀態下的憑空想像與修辭技巧操作；而明顯的有其『歷史存在』與『社會存在』的時空經緯向度。這樣的向度乃其實的顯現在創作主體的『存在位置』及其所對的『文體規範』。顏崑陽：〈文學創作在文體規範下的經緯結構歷程關係〉，《文與哲》第22期（2013年6月），頁551。

[24] 楊牧：《完整的寓言・序》，（臺北：洪範，2010年），頁495。

[25] 楊牧：〈序〉，《楊牧詩集Ⅲ》（臺北：洪範，2010年），頁19-21。

認為這是楊牧在詩體類型上的歷史意識，他試圖想要實驗、創變。因此，當我們詮釋楊牧那些看似古典風格或蘊含傳統書寫脈絡的詩作時，便不能僅從形式結構判斷之，因為這種因襲固定書寫模式的傳承，很可能恰恰正是楊牧力圖轉換之處，而欲顯其現當代書寫的殊異。這種「繼往開來」的文體意識，放置在我們要討論的山水主題，正可回應賴芳伶前述所觀察的「楊牧雖寫山水，但並不具備我們熟知的地誌特質」，它「沒有表相的風物色采」。筆者認為楊牧寫山水，正是要解除傳統的巧構形似，而他在俯仰山水之際，不以形媚道，誘使人親近山水，體悟自然；反倒藉由自然返回其私密性、情感性，近乎其個人生命史的家園。

三、物我觀看──古典山水式的俯仰往返

　　走向山水，這便是一個空間的身體知覺；而當詩人看向周遭，目覽所及，就是一個「觀物取象」的抉擇。葉朗以《易》說明這個「認識」及「創造」的過程，他說：「『觀』，就是對外界物象的直接觀察、直接感受。『取』，就是在『觀』的基礎上的提煉、概括、創造。『觀』和『取』都離不開『象』」，此外，「觀物」採取多重視角，而非單一取向，「俯仰往返」的身體移動，利於宏觀又能微觀，既觀遠也觀近，如此才能把握「天地之道」、「萬物之情」。[26]這種傳統的觀照法，宗白華亦以多首古典詩為例說明「俯仰往返」的觀照法：蘇武〈詩四首〉：之四「俯視江漢流，仰視浮雲翔」、曹丕〈雜詩〉：「俯視清水波，仰看明月光」、曹植〈朔風詩〉：「俯降千仞，仰登天阻」、王羲之〈蘭亭集序〉：「仰視碧天際，俯瞰綠水濱」以及謝靈運〈於南山往北山經湖中瞻眺詩〉：「仰視喬木杪，俯聆大壑淙」。在上述詩作中，我們

---

[26] 葉朗：《中國美學史》（臺北：文津，1996年），頁68。

可以見到敘述者的觀物取象，在俯仰之際所產生的空間感，而
此空間正可觸發前文所說的時間意識，在天地開闊的身體感
下，美感與孤獨也容易顯現。[27]

我們從楊牧的山水詩文，的確發現這種「俯仰往返」的傳
統觀物模式。例如前述提及的〈俯視─立霧溪1983〉、〈仰望
─木瓜山1995〉便以其觀物姿態入題。或者在自傳式散文不斷
出現，「山俯視我，我懂山的語言」、「山永遠是不變的，俯
視著我」（〈接近了秀姑巒溪〉），「奇萊山高三七六百零五
公尺，北望大霸尖山，南與秀姑巒和玉山相頡頏，永遠深情地
俯視我」（〈序〉，《奇萊前書》）。

不過，我們卻發現楊牧對於山總是採取仰望姿態，而沒有
至高處往下俯瞰，似乎空間的擴展固定於向上單一視角。〈仰
望─木瓜山1995〉這首詩可以提供我們可能的線索：

> 山勢犀利覆額，陡峭的
> 少年氣象不曾迷失過，縱使
> 貫穿的風雨，我在與不在的時候
> 證實是去而復來，戰爭
> 登陸和反登陸演習的峭壁

---

[27] 宗白華：〈中國詩畫中所表現的空間意識〉，《美學的散步》，頁57。

有時湧到眉目前，同樣的

兩個鬢角齊線自重疊的林表

頡頏垂下，蔥蘢，茂盛

⋯⋯

⋯⋯

衣領挑達飄揚

然則高處或許是多風，多情況的

縱然我猶豫畏懼，不能前往

想像露水凝聚如熄滅的燈籠

鳥喙，熊爪，山豬獠牙，雷霆

和閃電以虛以實的聲色，曾經

在我異域的睡夢中適時切入

⋯⋯

⋯⋯

少年氣象堅持廣大

比類，肖似。然後兩眼闔上⋯⋯

縱使我躊躇不能前往

你何嘗，寧不肯來，準確的心跳脈搏？

⋯⋯

⋯⋯

山勢縱橫不曾稍改，復以

> 偉大的靜止撩撥我悠悠
>
> ……
>
> ……
>
> 我長年模仿的氣象不曾
>
> 稍改，正將美目清揚回望我
>
> 如何蕭然起立，無言，獨自
>
> 以倏忽蒲柳之姿

「仰望」與「俯視」總是相對的；然而在楊牧的詩文中，「山」始終固定著姿態，象徵「不變」與「永恆」，永遠在上「俯視」，而敘述者在下「仰望」。山似乎提供了不可言傳的形而上。在〈仰望─木瓜山1995〉的每段起首「山與少年」的互文意象複沓出現，「山勢犀利覆額，陡峭的／少年氣象不曾迷失過，縱使」，「少年氣象堅持廣大／比類，肖似。然後兩眼闔上……／縱使我躊躇不能前往」，「我長年模仿的氣象不曾／稍改，正將美目清揚回望我」，而創作者楊牧試圖藉由詩中的敘述者「我」將此形而上的理型落實在人間世，在語言實踐層落實姿態。王建元指出中國山水詩中內在的「時間綜合」（temporal synthesis）的形成，是「詩人本身視野角度的移動，使詩人『遊目騁懷』契入時間的內在律動」，「在詩中出現抽象時間觀念轉移到隱藏在自然意象後面的時序性」，「詩人

『企圖』將一個『目覽』的單一活動伸延到一個多面性的視覺（perception）」之極致」。[28]楊牧詩在空間與時間之調動時，其單一視角往往是與年少的時序切合，如年少時仰望崇高理想。當然，從現實層面而言，楊牧在詩中早已透露內心是「猶豫畏懼不能前往」；不過，我們亦可以加以詮釋，奇萊山、木瓜山等中央山脈山系的高聳綿延是楊牧心中的「理型」，這種特殊性只限定在以奇萊為主的中央山脈，而不見美崙山、海岸山脈等較明朗、低拔、可以徒步望盡，缺乏神祕性的。因此，「猶豫畏懼不能前往」固然是事實之困難，但作為文學象徵，正成為恣意揣想的隱喻來源，如同詩中所述「想像露水凝聚如熄滅的燈籠／鳥喙，熊爪，山豬獠牙，雷霆／和閃電以虛以實的聲色，曾經／在我異域的睡夢中適時切入」。傳統山水詩總以華麗詞藻力圖將那未知之神秘山水，極聲色巧形，使閱讀者也能從文字「目覽景色」、同等「探險」。但是楊牧之奇萊，卻始終仰望想像而不可至。這類想像式的山水，可免去跋涉、猛獸相逼之苦，近似晚明時期的「臥遊」書寫。[29]

那麼，我們透過想像的山水，在俯仰之際的空間轉換，

---

[28] 王建元：〈中國山水詩的空間經驗時間化〉，收入《現象詮釋學與中西雄渾觀》，頁151。

[29] 晚明「臥遊」書寫詳見曹淑娟：《晚明性靈小品研究》（臺北：文津，1988年），頁225-226。

時間今昔的目覽，顯示出了甚麼意義？楊牧為什麼這麼處理山水？這種時間今昔的目覽、單一想像的延伸、凝望，固然形成楊牧詩作的孤獨感；但是在山水之間，得到慰藉，卻並非是藉由自然界之生生不息、曠達的空間感而開拓心胸，反倒是採取物我深深對看。這是楊牧詩中很值得注意的觀照寫法，他不是採取一種「獵奇」山水的鏡頭，而是採取物我深深對看的模式，仰望與俯瞰都是相對性存在的，存在於「我」與「你」之間。

　　林文月在〈陶謝詩中孤獨感的探悉〉，認為陶謝的山水詩「表面看似平靜安詳，而內藏強烈的感情，這是陶詩的孤獨；表面繁縟富麗，而實則蘊含無比的沉鬱，這是謝詩的孤獨」，而楊牧的山水也充滿這種空間轉換成時間蒼茫的孤獨感。這時間的蒼茫孤獨感，總在楊牧望向山水時顯現，尤其蘊含了今昔對照。當然，山因為高聳，本身就自然有著雄渾壯闊，而常延伸隱喻父系；不過，總觀楊牧詩集，雖然詩句並未實際指涉父系，但「山」的雄渾氣象，卻是少年長年仿效的對象，頗有兒子對父親的仰望與孺慕的意味在裏頭。而「山」總是看顧著，驗證著敘述者的夢想與成就，這樣的模式幾乎成為山的姿態與主調。詩中敘述者往往變成了一位喃喃訴說者，向山陳述，而山總溫柔俯身傾聽。這種物我相互觀看、如同梅洛龐蒂（Maurice Merleau-Ponty）在《眼與心》中所言，創作者與可見

事物之間，常有角色互換觀看。

> 馬爾相（André Marchand）說：「在一片森林裡，有好幾
> 次我覺得注視森林的不是我。有好幾天，我覺得樹群在
> 注視著我，在對我說話……而我，我在那兒傾聽著……
> 我認為，畫家應該被宇宙所穿透，而不要指望穿透宇
> 宙……我靜靜等著由內部被浸透、埋藏。也許，我畫畫
> 就是為了突然湧現（surgir）。」[30]

這種「物我深深互看」是古典詩的傳統觀看模式，如王維〈竹
里館〉「深林人不知，明月來相照」，李白〈獨坐敬亭山〉
「相看兩不厭，只有敬亭山」，或者辛棄疾〈賀新郎〉「我
見青山多嫵媚，料青山見我應如是」。楊牧〈俯視—立霧溪
1983〉也是採取物我互看：「假如這一次悉以你的觀點為準／
深沉的太虛幻象在千尺下反光／輕忽我的名字：仰望／你必然
看到我正傾斜」，「這樣俯視著山河凝聚的因緣」，「我這
樣靠近你，俯視激情的／回聲從甚麼方向傳來，輕呼／你的名
字，你正仰望我倖存之軀」。詩中的敘述者語境，正是「我漂
泊歸來」，在「記憶的經緯線上不可辨識的一點／復在雷霆聲

---

[30] 〔法〕梅洛龐蒂（Maurice Merleau-Ponty）著，龔卓軍譯：《眼與心》
（臺北：典藏藝術家，2007年），頁87-90。

中失去了彼此」，詩中充盈著一種步入中年的「賦歸」情緒，
而這情緒是複雜的。1984年，楊牧寫作此詩時，從海外甫歸，
赴臺灣大學外國語文學系任客座教授一年。[31]同年，楊牧也因
臺灣現實處境寫下〈有人問我公理與正義〉，他在《有人‧後
記》寫道：「那年冬天臺灣剛經歷一次規模很大的選舉，而臺
北市於若干人物當中，曾選出了幾名相當奇特的立法委員，其
中一個不久就為我們製造出臺灣有史以來最大的經濟醜案。競
選期間曾經有學生懇切問我：到底甚麼是公理？人間有沒有
正義？『也許有罷──我想』。我於是吞吞吐吐地說」。[32]楊
牧藉由詩作寓以現實批判，我們從詩中第一句「假如這一次悉
以你的觀點為準」，那個俯視不再像是奇萊山為崇高的象徵，
而是變換視角，讓低處的立霧溪仰望我，而此處代表「仰望」
的立霧溪是檢視的那一方，「時常是不寧的，以斷崖的韡紋／
磐石之色，充滿水份的蒹葭風采」，充滿歷練、多變，正足以
「提醒我如何跋涉長路／穿過拂逆和排斥」。

　　我們由此可見奇萊山的象徵與立霧溪略有不同，倘若奇
萊山代表一種「永恆不變」的亙久守護──一種理想型的「應

---

[31] 詳見〈楊牧文學年表〉，收入須文蔚編選：《臺灣現當代作家研究資料
　　彙編：楊牧》（臺南：臺灣文學館，2013年），頁71。
[32] 楊牧：〈有人‧後記〉，收入《楊牧詩集II》（臺北：洪範，1995年），
　　頁527。

然」崴峨氣象，那麼立霧溪的「距臥不寧」，「接納我復埋怨著我的你」則傾向是以部分替代全體，為故鄉臺灣的整體隱喻，那是一種動態的、變遷的，如同河流侵蝕、擴展、滋養景觀生態。如前述所言，楊牧是具有歷史意識的，他透過山水書寫、透過物我互為主體，形成的觀看模式往往都帶著強烈情感，今昔對照，指向過去、開向未來。

　　楊牧筆下的山水常帶著時間感，雖然這本來就是山水書寫的特性之一；不過，楊牧的山水更帶著親密感與熟悉度，這與傳統的山水書寫不同，他的山水是具有私密性、情感性的山水。因此，我們可常見，他多次提及山水對他的熟識，看顧著他從過去到現在，而且檢視他是否一如往昔。這樣的親密地觀看模式，影響了楊牧筆下的模山範水的描摹──它不具探險性質、不採取詞藻華麗的築造，也逃離巧構形似。楊牧以「追憶」的方式，從外在自然回返個人內心，築造他的親密山水家園。

四、追憶式的親密山水家園

　　段義孚在《空間與地方》闡述了人對地方的情感，他說「對故鄉的依戀是人類的一種共同情感。它的力量在不同文化中和不同歷史時期有所不同。聯繫越多，情感紐帶就越緊密」。而如果民族與大自然連結在一起，那麼它就會成為一種「情感依附」、「神聖的地方」；段義孚認為「故鄉有它的地標，這些地標可能是具有高可見性和公共意義的吸引物」。[33]我們若從人文空間地理來詮釋楊牧對故鄉山水的依戀與凝視，就可理解「山水」作為家鄉的象徵物，尤其是高聳的奇萊山作為標的物，這種「觀看」存在著地方性的「情感依附」，也帶著「神聖性」，這種崇高美感，遂使得「奇萊山」的象徵上升到「理想型」的層次。

　　每當楊牧提及奇萊山時，除了前述「觀看模式」之外，奇萊山也隱含著「界線」的功能，以界線為疆界，劃分內外之別，而此界線也是隔絕外在現實與守護內在的夢想。楊牧在〈接近了

---

[33] 〔美〕段義孚（Yi-Fu Tuan）著，王志標譯：《空間與地方》（北京：中國人民大學出版社，2017年），頁130。

秀姑巒〉一文中，多次強調奇萊山的「界線」與「守護」作用。

> 越過了奇萊山，他就離開了花蓮的境界。那風雨只是花蓮的夏天最平凡的插曲，並不能製造太驚人的新聞。那風雨來去迅速，拍醒沉睡的小城，在一陣習慣性的忙亂之後，又安靜地睡去，睡在太平洋的催眠曲，和層層疊起的大山的守護裏。

> 夜裡我躺在覆著蚊帳的榻榻米上，聽海潮的聲音嘩然來去……乃沉沉睡去──睡在大海的溫柔裏。

> 我睡在大海溫暖的旋律裏，那麼平安，幾乎是完全不憂慮的。其實那時已經有無數住在臺灣的日本人被鼓動去參加「聖戰」，在雄壯卻又帶著東洋傷感風味的軍歌裏離開他們統治的社區，永遠沒有再回來過。呂宋戰役前後，更有許多臺灣人被遣去南洋當軍伕。

> 我睡在大海溫暖的旋律裏，不知道這些都在煙波外劇烈地發生著，瘋狂地進行著。我幼稚地編織自己的夢，沒有足夠的智慧去憂慮思考。夢裏的世界和醒來的世界一樣美麗，我能夠張臂高飛，飛過水田和高山。

奇萊山代表了花蓮的境界，也區隔了現實與夢。我們可以發現在〈接近了秀姑巒溪〉一文中，反覆密集出現「窩巢」的意象群，「層層疊起的山的守護裡」、「睡在大海溫暖的旋律裏」，在山海的懷抱，他安詳地做著幼穉的夢，不被外在風雨或戰爭而侵害。花蓮宛如由山海所界線圍繞的「窩巢」，孵育著「我」的夢─對於世界最初的期待與探索。

　　巴舍拉在《空間詩學》談到「巢」時，表示「我們重回老屋一如回到舊巢，那全是因為過往如夢，因為往日之屋已成了一個巨大的意象，成為失落的親暱感的巨大意象」，他又引述米什萊（Jules Michelet）談「鳥兒的建築」的一段話，「為了身體而建造的家屋，應該像個介殼一般，從內部勾勒形狀，在身體自然活動的私密感裡營造。窩巢的形態及是從內裡決定的」，「這棟家屋即是其本人，其外型、其最直接的成就，甚而可說是其苦難」。[34] 上述對於空間意象產生的描述，借鏡到我們要談論的楊牧山水，給予的啟示是，我們得從楊牧的文字敘述去看，他怎麼從生活的私密感營造他的山水經驗，這顯然與傳統山水有別的，當他一談到「臺灣／花蓮」山水，幾乎就是脫離不了對往昔的追憶。如同前引巴舍拉所言，他似乎在回到一個山水築造成的窩巢，在憑弔、追緬、確認自己；並在界

---

[34] 〔法〕加斯東・巴舍拉（Gaston Bachelard）著，龔卓軍、王靜慧譯：《空間詩學》（臺北：張老師文化，2003年），頁100-101。

線與界限之間，反覆確認夢、童年記憶與現今的聯繫。

　　楊牧在《海岸七疊》時期，開始大量寫到花蓮，特別擷取一種肯定的、穩定的信仰快樂，如〈海岸七疊〉「在黑潮洶湧的海岸／濃霧後面是巨鯨的花園／有定期的船舶繞道航過／航過，直放臺灣我們的故鄉」，「春天即將來到，下一代／會活得比我們更充實放心／在臺灣，辯才無礙而剛強」；〈花蓮〉「我因為帶你返鄉因為快樂／在秋天子夜的濤聲裏流淚」；〈風也吹向山谷〉「你不必畏懼，往檳榔樹開花的／方向走去，使用簡單的方言／有禮親善的手勢，在適當的／場合，以微笑回報族人的好奇／他們將擁戴你如部落的兄弟／故鄉，我們不可凌辱的土地」。此一時期，固然是因為楊牧娶妻生子，展開踏實而向下扎根的生命體驗；不過，更值得我們注意的是他在詩集中的〈詩餘〉這麼敘述當時寫作語境，他與妻子夏盈盈在1979年夏天從普林士頓回到西雅圖，「我們在一個山坡上找到了定居的地方，結束我多年的流浪生活——我覺得是流浪，雖然有人會認為我太誇張——身心雙重的流浪。我們住了下來，安寧，靜謐，快樂。我重新肯定了少年時代的信仰；幸福並非不可能，你要它，它就來了。」[35]文中這一段話，他「重新肯定了少年時代的信仰」，裏頭包含著「安寧」、「靜

---

[35] 楊牧：〈詩餘〉，《海岸七疊》二版（臺北：洪範書店，1984年），頁128。

謐」、「快樂」、「幸福」。如同他寫給長子常名〈風吹向山谷〉,「風也吹向山谷,河水來自／原始的寧靜」這就是他前述的花蓮山海所孕育的「夢」之具體呈現。也就是當他回到花蓮時,仰望奇萊的往事再現。這也是為什麼他在西雅圖此處安居,展開踏實寧靜生活時,卻開始有意識地書寫遙遠的故鄉,呼喚山水為依,重新肯定少年時代的信仰。

宇文所安在《追憶:中國古典文學中的往事再現》提到文學書寫當中常見的「時間、消逝和記憶的鴻溝」,他認為「引起記憶的物件和景物把我們的注意力引向不復存在的完整的情景,兩者程度無別,處在同一水平上。譬如一束頭髮,不能代替往事;它把現在同過去連結起來,把我們引向已經消逝的完整的情景」,「記憶的文學是追溯既往的文學,它目不轉睛地凝視往事,盡力要擴展自身,填補圍繞在殘存碎片四周的空白」。[36]楊牧在《奇萊前書·序》也自言:「曾經有過的那些氣味和聲音必然是曾經有過的,卻可能在我們不經意的時候,在一種沉湎的疏離狀態裡,逐漸淡去,歸於遺忘」。[37]也因此,我們詮釋楊牧山水時,其實也是進入作者追憶似水年華的語境,看他怎麼以身體知覺築造他的山水家園,以吉光片羽補

---

[36] 〔美〕宇文所安(Stephen Owen)著,鄭學勤譯:《追憶:中國古典文學中的往事再現》(臺北:聯經,2006年),頁2-3。

[37] 楊牧:〈序〉,《奇萊前書》,頁3。

綴記憶圖像。

　　我們可以從楊牧的詩文見其築造山水家園的互文性，散文〈接近了秀姑巒溪〉、〈他們的世界〉、〈水蚊〉以及詩作〈出發〉、〈風也吹向山谷〉、〈花蓮〉、〈七星潭〉、〈砂婆礑〉，都不斷反覆出現檳榔樹、水薑花（葉）、長腳蚊：

> 無數的檳榔樹便圍成一個家園，綠竹和麵包樹參差其間……檳榔樹外是蔬菜園，離房子更遠的才是稻田。……孩子們在田埂和小溪岸上遊戲；蜻蜓在空中飛，溪旁和池塘岸邊長滿了蘆葦稈和水薑花。
>
> 　　　　　　　　　　　——〈接近了秀姑巒溪〉

> 我時常轉彎深入一個村莊，去看我中學的阿眉族同學，聞見那從小就在我心靈深處的氣味。檳榔樹包圍起來的村莊，小路上參差的石柱和短籬，就是到了那個年代依然沾染著一層日本風味。
>
> 　　　　　　　　　　　——〈他們的世界〉

> 一隻白色的小蝴蝶在身邊撲翅，又停著河岸的水薑花上，整個身影溶入花蕊之中，消逝了，忽然栩栩飛起，越過我正上方的視線……長腳蚊是一種極端脆弱的生

物，看來可以隨時死去，被風颺去，被水淹去，被鳥或甚至躍起的魚類啄食。可是它飛臨水面的姿態卻那麼優雅動人，如野鶴。……當熱風吹過我的河，汗水在我身上流淌，不免就有些焦躁充滿我幼小的心。長腳水蚊在水面上飄舞，我的心有時也沉入寧靜……心依然是積極跳動的，如一隻長腳的水蚊在急流上飛。

──〈水蚊〉

這些都不僅是文學情境的設置，而是必然曾經的召喚物件，用以填補童年那個夢──那個整體信心昂然、向外探索，好奇而自信的生命圖像。長腳蚊弱小脆弱卻又優雅臨風，面對無常彷若隨時可以死去，那種生命自在循環，彷彿也鼓動著少年楊牧。〈砂婆礑〉也具體顯現這種書寫模式，詩中又重述了〈水蚊〉中的河景、水薑花葉、長腳蚊、魚類：

在我們夢境裏發光

這樣計數著，時間

隨雲陣的反影移轉

飄流。魚鰓的速度。或者

靜止不動，甚至也不再以口器

示警，風在山坳裏提早歇息

——曾經如此溫柔起意吹拂

過水薑葉上的露滴落豐滿的

河面讓一隻長腳蚊把自己喚醒的風

誰能將那雙重擁抱下

徹寒的圓心以一髮之刃

分割為二個別實體

如愛，在此後契闊的時光裏

分屬拂逆的男女？誰能自風的

猶疑解讀河流怎樣選擇方向

自稀薄的雲經建海潮——

且允許那水勢自由行止

……

……

我們從高處看它，聽見烏鶩

驚呼水光溢上概念化的彼岸

此岸，幼稚的二分法在魚鱗

反射的強弱裏完成同步

回響，如泉水為了追逐

超前湧出或墜落之勢於剎那

完成的形狀，為了解體

為了與它同歸形上的漣漪

當洪水快來時，河水會先夾帶泥沙而混濁，魚類因此呼吸困難而張大魚鰓，我們可想見這是來自楊牧童年的觀察，但在〈砂婆礑〉顯然是一種追憶的口吻，魚已「不再以口器示警」，曾經的風也停歇了，水薑花的露水不再因風吹落而驚醒長腳蚊，那些曾經的生活圖像對照前述的〈水蚊〉、〈接近了秀姑巒溪〉，給予少年楊牧豐富、細緻觀察山水，自然優雅、寧靜生長而孕育的各種啟發。

　　楊牧在〈水蚊〉進一步闡述內心對於過往山水圖像的綜合感受，他說「我停止在水邊一條平坦的的草地上，躺著，水流的聲音遽然變得非常大，匆促地，有力地，甚至是誇張地向下傾瀉，幾乎是永恆的一種聲音，好像要對我保證，這些都屬於我，永恆的，無論這世界怎麼變化，這些都不會失去」（〈水蚊〉）。這段話非常能夠應證楊牧何以召喚往昔山水，因為那正是一個不變永恆的保證，然而對照現在的風不再起，長腳蚊、水薑花的露水也僅存在夢中，為什麼還執意從現今看向過去呢？楊牧給予了哲學上的回答，詩中說道：豈能在契闊的時間裡，將此「分割為二個別實體」，「概念化的此岸／彼岸」，又以泉水為例說明，此當屬完整不可分割的「完整的形

狀」，關於過去跟現在，都在同一時間流上接續。這種認識觀
實然帶著「變動歷程」的歷史意識，如同前引海德格所言「存
有的現今存在亦是其曾經的存在。一個人對自身的極變能力的
預期即是了然的回到自己極度的『曾經』」，也因此看待楊牧
山水詩文，無法僅僅視為鄉愁追憶一類，而是其歷史意識下的
具體實踐。

五、結語

　　楊牧是一位具有歷史意識的詩人，所謂歷史意識是帶著「繼往開來」的認知，他的生命包涵群己意識，並非個人獨存斷裂的。是故，我們從他個人的語境─歷史意識、賦歸的生命史來看他書寫山水，可以發現楊牧山水，所面對的世界，大體上並非是道家玄化之道，其偏向於具有歷史意識，他所悟理的世界廣泛來說是並時性的社會文化語境以及歷時性的積累。

　　相對傳統山水詩的特質來說，楊牧解除了巧構形似，他在俯仰山水之際，不以形媚道，無意誘使人走進山水；他反而是藉由書寫自然，走返其私密性、情感性，近乎其個人生命史的家園。我們常見在空間、時間轉換下的孤獨感，楊牧的詩文往往藉由山之不變，產生慰藉。「山」象徵了一種「永恆不變」的理想型、神聖性，是他長年模仿的氣象，也是他初初懷抱著的夢，那給予信心、寧靜、不被現實侵害的，生死來去而不止息的飽滿生命圖像。

　　楊牧詩在山水的俯仰觀看模式，是一種「物我深深互看」。山的俯視象徵一種永恆性，看顧著今昔，檢視著理想是

否消磨、是否實踐；而水的仰望，則揭示一種變化的、歷練的過程，象徵了臺灣時局的變遷與不寧，也對當時自言「身心雙重流浪」的中年楊牧，投以深深的瞭解。楊牧透過山水書寫、透過物我互為主體，形成的觀看模式往往都帶著強烈情感，指向過去亦是開向未來。而他看待山水，也隱含著「界線」的功能，形成「窩居」的家鄉圖像，以界線為疆界，劃分內外之別，而此界線也是隔絕外在現實與守護內在的夢想。因此，在他書寫山水時，所出現的動植物，都是他召喚往昔記憶片段，而不在建立模山範水的典型美。「追憶」也不是沉湎於過往美好，而是今昔是一，完整的時間延續，無法分割，繼往開來，這也是歷史意識的深層意。當魏晉人看見自然，楊牧則倚山傍水，在追憶中，依循著氣味顏色聲響築造家園式的親密山水，這是不斷邁向未來時，深深的聯繫與依準。

第五章
CHAPTER 5

「坐」與「走」
——論周夢蝶生命觀看下的空間認知

「走」，是周夢蝶詩中常見的意象。這無法安頓，不斷行走的人生常態，也隱隱扣合了周公1949年來台那一輩的離散語境。

然而，周夢蝶亦以其佛教信仰，將人生的諸有恐怖化作試煉，為這人生旅途上預設了一個終將得到報償的正向終點，也因此他佈設了許多苦厄意象，並在其中顯現安處於「高峰」的「趺坐」姿態，藉由外在風雨、雷電、猛獸的不斷逼身，對比趺坐者的內心清寂，期待自己終將開悟解脫。

一、典型化研究

　　周夢蝶（1921-2014）本名周起述，中國宛西鄉村師範肄業，1948年參加青年軍，年底隨軍來臺，1955年自軍中退役。他在軍中曾編《成城》半月刊，退伍後曾擔任書店店員，爾後1959年取得營業許可證，於武昌街一段明星咖啡屋騎樓下擺攤賣書，形成文壇風景，直至1980年結束營業。[1]他著有詩集《孤獨國》（1959年）、《還魂草》（1965年）、《約會》（2002年）、《十三朵白菊花》（2002年）以及《有一種鳥或人》（2009年）。以周夢蝶的來臺際遇而言，是總括在1949年的歷史語境下；換言之，也就是處在「放逐」、「離散」的總體情境。

　　簡政珍《放逐詩學‧緒論》提到，八十年代中期之前，因1949年兩岸時局迫使而從中國大陸來臺者，內心常形成特有的放逐心境，這心境是「內心自我放逐和政治實景的交相糾葛。共黨接掌大陸是客觀的政治情景，但定居臺灣，卻仍然浪遊

---

[1] 周夢蝶的生平詳見曾進豐編選：〈小傳〉，《臺灣現當代作家研究資料彙編：周夢蝶》（臺南：臺南文學館，2012年），頁39。

他鄉異國則是精神放逐」。[2]若自文學內容來說，從「思鄉記憶」、到「存在」議題的「無法自我定位」、「失根」等，都是放逐文學常見的主題，例如洛夫早期詩集《石室之死亡》到《漂木》（2001）、《背向大海》（2007），在形式表現上，也常見「兩兩相對的意象，非生非死，非笑非哭」，又或者意象上總透露著無法「定位」、無法「安置」的不確定感。[3]相對於洛夫這種典型的放逐表現，周夢蝶則屬較「隱晦」。這「隱晦」並非意指詩人在創作手法上的繁複難懂，而是指讀者無法直接從文字的內容義解讀其放逐感，而必須從形式詮釋其內容。因為周夢蝶的詩作幾乎不談「思鄉記憶」，也不談「失根」，他所關心的「孤寂感」比較普遍奠基在身而為人的無常與無力，轉而以佛理禪思排遣孤寂。是故，一般論者鮮少將周夢蝶置入放逐文學的敘述脈絡，而較聚焦在他身體上的孱弱以及喪母、喪妻、喪子以及清苦的生活景況。

在對周夢蝶的研究中，「典型化」幾乎成為一種群體期待。如同曾進豐編選《臺灣現當代作家研究資料彙編：周夢蝶》的作家〈小傳〉所言，其「詩風與人格的高度統一，使之

---

[2]　簡政珍：〈緒論：放逐詩學〉（臺北：聯合文學，2003年），頁12。

[3]　余欣娟：〈進入詩人琉璃（流離）色宇宙的N個關鍵詞──洛夫篇〉（關鍵字：詩魔、頓悟、禪、安身立命），《印刻文學生活誌》第134期（2014年10月），頁76、78。

成為臺灣現代詩壇中具有指標性的典範」。[4]從曾進豐選編的
〈文學年表〉中,可得知周夢蝶身體在青年時期,身體便孱
弱,他在年因水土不服,曾罹患瘧疾,1955年因病弱不堪任勞
而於屏東退役,1980年罹患胃出血、胃潰瘍及高度貧血而切除
四分之三的胃。即便周夢蝶高壽93歲,但絕大半時間,他都處
於病體及清苦環境下,過得宛如「苦行僧」的生活。[5]而周夢
蝶在臺北武昌街「明星咖啡屋」下的擺攤風景,幾乎成一「象
徵」,象徵著那一段臺灣貧困歲月中,青年學子與文人對詩文
的嚮往與純淨心靈。而這個象徵當然也與前述周夢蝶的個人
形象相關。因此,學者評論周詩時,常將詩作指向現實中的
作者,或把周夢蝶之人格比喻為「今之顏回」、[6]「今之陶淵
明」。[7]

---

[4] 周夢蝶的生平詳見曾進豐編選:〈小傳〉,《臺灣現當代作家研究資料
彙編:周夢蝶》,頁40。

[5] 「詩壇苦行僧」之稱號已為普遍所知。詳見曾進豐編選:《臺灣現當
代作家研究資料彙編:周夢蝶・小傳》,(臺南:臺灣文學館,2012
年),頁40。劉永毅亦以「詩壇苦行僧」作為周夢蝶傳記的書名。見劉
永毅:《周夢蝶──詩壇苦行僧》(臺北:時報,1998年)。

[6] 曾進豐編選:〈小傳〉,《臺灣現當代作家研究資料彙編:周夢蝶》
(臺南:臺南文學館,2012年),頁39。。

[7] 葉嘉瑩:〈序周夢蝶先生的《還魂草》〉:「與其時時『言哲理』的兩
方面來看,雖似頗近於大謝,然而若就其淡泊堅卓之人格與操守來看,
則毋寧說是更近於淵明」。葉嘉瑩〈序周夢蝶先生的《還魂草》〉,收
錄曾進豐編:《娑婆詩人周夢蝶》(臺北:九歌,2005年),頁32。

　　曾進豐認為周夢蝶「心靈既孤，精神亦獨。孤獨中生鬱悶」，他將周夢蝶詩風概括為三期：（一）《孤獨國》時期的苦悶冥想，表現「寧靜孤絕」之美，（二）《還魂草》時期的喜禪用典，特重意象，而持續一味「情苦」。（三）《還魂草》迄今，詩的禪境轉化為生命的悟境的成熟。[8] 吳達芸論《孤獨國》便以「孤獨」與「悲哀」作為其詩集的總體概念，而以〈索〉為例，指出「對上帝的渴慕，皈依與埋怨，對人世的排解不開糾纏的愛戀、悲憫、煩厭，早成他自身矛盾，難以驅遣的情懷」。[9] 葉嘉瑩、翁文嫻、洪淑苓、曾進豐、蕭蕭等學者皆認為周夢蝶詩的主要特徵在於其詩融合了佛、禪、道等體悟，深情又多情地發展出內心之寂寞孤獨感，而此寂寞孤獨感需要上述宗教智慧加以解脫開悟。[10]

　　上述對周夢蝶的「典型化」研究中，我們尚可以加以補充、詮釋的是，周夢蝶對空間的認知模式與隱喻，而這正可

---

[8]　曾進豐：〈周夢蝶詩導論〉，《周夢蝶世紀詩選》（臺北：爾雅，2000年），頁7-8。

[9]　吳達芸：〈評析周夢蝶的《孤獨國》〉，收入曾進豐編：《娑婆詩人周夢蝶》（臺北：九歌，2005年），頁46、50。

[10]　詳見蕭蕭：《我夢周公周公夢蝶》（臺北：萬卷樓，2013年）以及葉嘉瑩：〈序周夢蝶先生的《還魂草》〉、翁文嫻：〈看那手持五朵蓮花的童子──讀周夢蝶詩集《還魂草》〉、洪淑苓：〈橄欖色的孤獨──論周夢蝶《孤獨國》〉。上述葉嘉瑩等單篇論文皆收錄於曾進豐編：《娑婆詩人周夢蝶》（臺北：九歌，2005年）。

與周夢蝶的生命情境相互觀看。在周夢蝶詩作中有眾多關於「坐」與「走」的動詞,「坐」的相關聯詞還有「禪坐」、「跌坐」,與「走」之意涵相關的有「踅」、「徘徊」、「行」、「涉」。經筆者統計,與「坐」相關共有九首,含有「走」之動作則有三十三首。[11]在上述統計中,可初略得知由曾進豐集結的《風耳樓逸稿》六十二首詩作中,只有三首有「坐」、「走」之動詞,此書詩作時間橫跨1953年至1987年,但大部分的發表集中在1953年至1960年間,散見於《青年戰士報》、《葡萄園季刊》、《文星》、《創世紀》及《藍星詩頁》、《聯合報副刊》等,大致上與《孤獨國》為同一創作時期。而《孤獨國》中的「坐」、「走」亦不算多量,直到《還魂草》以降,「走」的凝視尤其為數增多,形成周夢蝶詩的慣

---

[11] 「坐」:在《孤獨國》計有〈寂寞〉、〈孤獨國〉、〈川端橋夜坐〉,在《還魂草》計有〈空白〉、〈孤峰頂上〉、〈晚安小瑪麗〉、〈關著的夜〉、〈燃燈人〉。在《風耳樓逸稿》計有〈落花夢〉。

「走」:在《孤獨國》計有〈徘徊〉、〈現在〉、〈在路上〉、〈四行之二司關者〉。在《還魂草》計有〈擺渡船上〉、〈樹〉、〈七月〉、〈行到水窮處〉、〈關著的夜〉、〈絕響〉、〈托缽者〉、〈虛空的擁抱〉、〈燃燈人〉、〈晚安小瑪麗〉。在《風耳樓逸稿》計有〈工作之灌溉〉、〈走在雨中〉。在《十三朵白菊花》計有〈月河〉、〈人面石〉、〈焚〉、〈積水的日子〉、〈老婦人與早梅〉、〈除夜衡陽路雨中候車久不至〉、〈吹劍錄〉。在《有一種鳥或人》計有〈酬答之二〉、〈山外山斷簡六帖〉、〈十四行——再致關雲〉、〈走總有到的時候〉、〈黑蝴蝶的三段論法〉、〈八十八歲生日自壽〉。在《約會》計有〈約翰走路〉、〈未濟八行〉、〈三個有翅的和一個無翅的〉、〈不信〉。

用視角，甚至是書寫的儀式性動作。

　　「坐」是一種靜態的活動，此時主體不動，凝視周遭，而外在景物是流動的，在譬喻結構上常觸發「時間的流逝感」，而「走」則隱含了方向性，從何處到何方，這是個動態歷程。當主體在走時，周遭可能是同時在移動或者固定。更進一步來說，「坐」是一種「安置」，從「坐」與「趺坐」的場景，可見其空間的物件建構與觀看，而「走」則具有「起始」、「終點」，以「坐」與「走」的時空感可逼顯出「根源」及「家」的意象。如此，可以從形式之縫隙見周夢蝶詩作中不常談論的「家」及「根源」，而補充了臺灣放逐文學的敘述表現。

二、「走」的空間移動及終點預設

「走」與「坐」的動詞大量出現，是在《孤獨國》出版之後。而「走」這個空間移動，牽涉到為何而走，意願或不意願，以及空間的擴展及視野的改變。王璦玲在〈導論：空間移動之文化詮釋〉提到：

> 「空間」既指「範疇」（category）意義之空間（或物理指涉的空間），也指「空間性的界域存在」；也就是說，我們是以邏輯思維的方式去規範「想像的界域」，從而有所謂「空間」的概念。[12]

> 從哲學的角度來觀看，我們探討的是有關「空間移動」（mo-bility）以及空間移動所帶來的意識轉變的基本訊息。從文學的角度，我們探討的主要是空間移動與跨界

---

[12] 王璦玲：〈導論：空間移動之文化詮釋〉，收入王璦玲編：《空間與文化場域：空間移動之文化詮釋》（臺北：漢學研究中心編印，2009年），頁1。

想像的感受性和敘事性。[13]

　　文學作為表述載體，它記錄了創作者的主觀經驗，因此詩中所記錄的空間移動包含了現實或想像的敘事。從臺灣放逐文學的語境來說，遠離大陸到臺灣來，是一種現實的空間移動。而在詩中的「走」具有「起始」、「終點」，具有路程風景，產生風景中何人、何事、何物的介入，以及詩人對於這路程的建構。如同雷可夫（Lakoff）、詹森（Johnson）著《我們賴以生存的譬喻》所示，因為旅途是一種移動，因此隱喻性的移動方式，便有了「歲月如飛」、「時間悄悄溜走」、「光陰快速」等說法。[14]尤其「路」的意象常強烈地指向「人生旅途」。這類「走」詩作一部分是屬於個人現實生活，身體移動在具體空間的所思所感，另一部份則是抽象的、概念式的文學隱喻，以「走」來隱喻「人生路程之移動」，而此部分的抽象概念其實是在架構在前述所說「從大陸來臺之空間移動」的放逐語境。

　　曾進豐以周夢蝶詩中的「日暮與途遠」原型，認為對周夢蝶來說，「生命本身即是行走與苦難」，「『道路』是生

---

[13] 同前註，頁2。

[14] 雷可夫（Lakoff）、詹森（Johnson）著，周世箴譯注：《我們賴以生存的譬喻》（臺北：聯經，2006年），頁79。

命的表徵，『行走』則為生命的樣式」。[15]這是個典型的生命
寓意。「日暮」與「途遠」都與人生之終始有關，一旦生命
啟程，就必定會走向終點，而這終點預設了「結束」與「休
憩」，同時也映射了這段旅程的漫漫長路。例如「好想順著來
時路往回走」（〈八十八歲生日自壽〉），「走了走了早該走
了」（〈黑蝴蝶的三段論法〉），「走總有到的時候」（〈走
總有到的時候〉），又如在〈托缽者〉，「回去是不可能了。
枕著雪濤／你說：「我已走得太遠！」。而「終點」的意象經
營上往往會引發作者「回顧」，遂對人生做一綜合性的理解與
評價。又如〈漫成三十三行〉：「躡著來時的腳印往回走／愈
走愈遠愈高愈窄愈冷愈窮愈岐愈出／愈想哭」。生命本是一種
苦難，需經歷考驗、折磨，才能達到某一程度的淬鍊，而這幾
乎是所有宗教和神話在處理的人生基本課題。[16]我們或許可以
問的是，周夢蝶在這人生苦難的測試中，他以何種態度面對，
詮釋苦難，以及預設了何種終點想像？

---

[15] 曾進豐：〈論周夢蝶的隱逸思想與孤獨情懷〉，收入曾進豐編：《娑婆
詩人周夢蝶》，頁176-177。

[16] 坎伯《神話》提到「英雄旅程的試驗是人生重要的一環，沒有放棄自
我，付出代價，是不會有收穫的」，而生命是與苦難共存，大多數的神
話都表示「苦難是生命內在的一部份」，「神話告訴我們如何面對、承
擔和詮釋苦難」。〔美〕喬瑟夫‧坎伯（Joseph Campbell）著，朱侃如
譯：《神話》（北縣新店：立緒，1995年），頁216、274。

行到水窮處

不見窮，不見水——

卻有一片幽香

冷冷在目，在耳，在衣

你是源泉

我是泉上的漣漪；

我們在冷冷之初，冷冷之終

相遇。像風與風眼之

——〈行到水窮處〉

打從破空而出，呱呱的第一聲

直到灰飛影滅不可說不可說劫

母親啊，從你沒有塵垢的眼裏

我逸出，風一般的勁寂

亦裸而盲目：

不識路，不識走

不識水到何處窮，雲從幾時起……

——〈人面石〉

　　當「走」與「人生旅途」相結合時，我們可以藉此理解詩人的思維模式以及他的生命觀。例如在〈人面石〉中，「打從破空而出，呱呱的第一聲」，這是指生命之初，此時「路」隱喻了人生之路。新生的嬰兒不識走、不認識路，全身赤裸而無法認知未來，更遑論坐看雲起。周夢蝶在〈人面石〉、〈行到水窮處〉兩首詩，都使用了王維〈終南別業〉「行到水窮處，坐看雲起時」的典故，進入「行到水窮處」的語意脈絡，解構其意。王維詩原本隱喻了人生之暢然舒緩，走至水源盡頭，無路可進，那麼就順勢坐下來，也能自在悠遊地，萬般成風景。這透露出一種賞鑑景物的審美態度，也是人格精神的境界。然則，在前述二詩的語境中，「走」至最終，詩人接連重覆「不見……」、「不識……」，不見水、不見窮、不識路、不識雲，都採取連續否定的態度，顯然他要脫離王維的敘述意境，另作處理。但在王維詩中，即便獨往，卻仍有伴，其伴是林中老叟又或是雲、山等，在物我相看下，王維詩是充滿暖意而不顯孤獨。但反觀周夢蝶詩，在〈行到水窮處〉中，否決了在外在水、路之盡頭，而將感官放在自身，給予目、耳、衣著冷色及幽香。此處的冷或許自泉水而來，幽香也或許為周遭氣味，不過第二段卻翻至「人」的層次。「你是源泉／我是泉上的漣漪」，「我們在冷冷之初，冷冷之終／相遇。像風與風眼之」，這其實是將第一段的泉水之冷，環境之幽香隱喻了人與

人之冷和幽香。相遇隨即離去，如同源泉之漣漪，依附而生，
卻也無痕。從〈行到水窮處〉的色調、溫度與痕跡來說，更
突顯的是「剎那的美好」，所以詩中說「迴眸一笑便足成千
古」。這是周夢蝶式的深情、純情。余光中認為周夢蝶「其悲
苦來自純情，所以能從純情之悲苦裡提煉出禪理哲思，而把感
情提升到抽象與明淨的境地」，「其主題不外是生命的觀照、
愛情的得失、剎那的相知、遙遠的思慕、靈肉之矛盾、聖凡之
難兼」。[17]我們或許可以說，周夢蝶式的深情、純情總括在人
生苦難中來琢磨。

　　周夢蝶在詩作很少提及「家」與「母親」；甚至在他的詩
作當中，相當少見到「巢穴」、「窩居」等等與「家」相連結
的意象。[18]約莫在〈燃燈人〉的詩句中「在苦行林中。任鳥雀
在我髮間營巢」及〈於桂林街購得大衣一領重五公斤〉「——
無限好的所在——鳥和他的巢」，我們稍可搜尋到「家」的窩
居感，不過這主要是描寫鳥雀之巢，而自身為鳥雀所居，而非
人之窩棲。直指家屋的，只有《約會》中的〈冬之瞑——書莫
內風景卡後謝答趙橋〉及〈七月四日——梭羅湖濱散記二十

---

[17] 余光中：〈一塊彩石就能補天嗎？——周夢蝶詩境初窺〉，曾進豐編
　　《娑婆詩人周夢蝶》，頁137-138。
[18] 家屋、巢穴、窩居等「家」的意象可見《空間詩學》第一章、第二章以
　　及第四章與第五章。巴舍拉著，龔卓軍、王靜慧譯：《空間詩學》（北
　　縣新店市：張老師文化，2003年）。

年後重讀二首之一〉，但這兩首詩的「屋舍」都比較應主題而寫，而非周夢蝶之家屋。我們或許可據此來說，在周夢蝶的慣用寫作思維當中，「走」是個人生常態，這不僅是日常生活的走路；擴大隱喻來說，人生就是不停地在走，而無法安置下來。在他述及「母親」這根源意象時，更可見到「走」的意象在當中作用。周夢蝶曾在紀錄片「化城再來人」提及對母親的情感，因早年離家，母親又過世了，因此一想到母親就想哭，在〈人面石〉中，「母親」幾乎是作為「根源」與另一個「自己」的化身。「是什麼？使你的孩子，從你的心裏分出來的／竟矇昧如斯！竟忘卻／你是『一切』的另一個名字。一如我／另一個名字的你」，「曾經且一直是另一個你的我／在若近若遠，你的這邊或那邊／一路走著／一路有天花厚厚的落下來」。周夢蝶這首詩，以胎兒在母體感覺到萬有狀態，而無有你我界線分別，因此說我就是你，你就是我。縱然現實分離、生死兩隔，但在因為曾有過臍帶關係，因此也在生之此處，同感在天國之母親。從此處說，雖有悲哭，但周夢蝶仍視為我身上仍有母親，母親身上也有我的存在，而削弱孤獨感。但無論如何，周夢蝶的詩作雖常顯禪理，或者帶著語言的機趣，不過大抵上而言，他仍是在有情的人間世。

　　周夢蝶在「走」的動態結構當中，述及「根源」，幾乎都會還原至嬰孩的啼哭，例如最後一本詩集《有一種鳥或人》

中的〈賦格〉「由呱呱的第一聲哭到陣痛／易折而不及一寸的
葉柄可曾識得／自己的葉脈，源流之所從出？／是誰說的：再
也沒有流浪／再也沒有流浪／可以天涯了／去時路與來時孰
近？／昏月下／信否？匍匐之所在／自有婆娑的淚眼與開張的
手臂／在等待。在呼喚」。嬰孩哭泣爬行，離開了根源，走上
人生之路。對照2005年的〈賦格〉與1974年的〈人面石〉可見
同樣的敘述模式。「走」的終點預設，在〈賦格〉中，是「自
有婆娑的淚眼與開張的手臂／在等待。在呼喚」，終點如母親
般的擁抱與慈愛理解，當然這也可以是更廣大的佛國菩薩的母
性示現。

　　而在〈虛空的擁抱〉，「在感恩節。你走到那裡／（不
沾塵土是你底鞋子）／那裡便有泉鳴如鐘，花香似雪／簇擁你
——仰吻你底腳心／斑斑滴血的往日」，詩中以感恩節作為語
境，詩中的「你」經歷辛苦經歷辛苦行走天涯，此路是斑斑滴
血的艱辛過程，而終點是如天堂般慰勞的花香泉鳴。再看〈好
雪，片片不落別處〉「往日的崎嶇，知否？／那風簑雨笠，
那滴滴用辛酸換來的草鞋錢／總歸是白費的了！／路，不行不
到／行行更遠／何日是歸？何處是滿天／迎面紛紛撲來的鵲
喜？」，「松上是驚濤；看！是處是草／草上有遠古哭過也笑
過的雨痕」。〈好雪，片片不落別處〉以古典詩語「鵲喜」作
為報訊，代表喜兆，如同前述，周夢蝶預設了一個得到報償、

收穫的正向終點，縱然不是如蘇軾回首來時「也無風雨也無晴」，但在以人生為一路程的總體想像中，周夢蝶其實是帶著樂觀且一步步投向終點的懷抱。上述這點或許也可與2002年的〈在墓穴裡〉併看，「前頭已無有路了／有，也嬾於回頭。／在墓穴裏。我將以睡為餌／垂釣十方三世的風雨以及靜寂」。在墓穴中宛如日常，顯現自在安適；在虛構的想像空間中，所有情緒已然脫身，反而更可將所有人生苦楚風雨或者現下的無聲寂靜，都視為一種閒釣的情致觀看。

三、「坐」與「趺坐」的觀看

在周夢蝶詩中的「坐」常具有「時間性」的流逝，一方面指的是長時間的禪坐，此時主體不動，周遭彷彿正快速流逝，詩人揀擇何種物件作為觀看，或映照出趺坐時的內心，其意義往往從周遭的空間設計而來。余光中認為周夢蝶詩中「趺坐的地方最接近出家的邊緣，常常予人詩僧的幻覺」。[19]因此，我們或許可以說，周夢蝶有意藉由「趺坐」的姿態，以彰顯他對於人生究竟意義或者肉體終始的總體觀照。

> 昨夜，我又夢見我
>
> 　　　　赤裸裸地趺坐在負雪的山峰上
>
> ‥‥‥‥‥‥
>
> 只有時間嚼著時間的反芻的微響
>
> 這裏沒有眼鏡蛇、貓頭鷹與人面獸

---

[19] 余光中：〈一塊彩石就能補天嗎？——周夢蝶詩境初窺〉，收入曾進豐編：《娑婆詩人周夢蝶》，頁136。

  ……

  ……

過去佇足不去，未來不來

我是「現在」的臣僕，也是帝皇

──〈孤獨國〉

列風雷雨魑魅魍魎之夜

合歡花與含羞草喁喁私語之夜

是誰以猙獰而溫柔的矛盾折磨你？

雖然你底坐姿比澈悟還冷

比覆載你的虛空還厚而大且高……

沒有驚佈，也沒有顛倒

一番花謝又是一番花開。

想六十年後你自孤峰頂上坐起

看峰之下，之上之前之左右

簇擁著一片燈海──每盞燈裡有你。

──〈孤峰頂上〉

  在周詩中，最常出現的坐姿場景是在高峰。孤峰、孤峰頂

上、須彌山等都是佛教用語。[20]不過在這類的詩作中，詩中的那位坐姿者，所處的是一種孤寂，換言之它的虛空場景或者風雷雨抑或寂靜，成為時間來去的「試煉場」，坐姿者不管外境的來去，就如同佛陀在開悟前，面臨諸惡恐怖的考驗。戴訓揚在〈新時代的採菊人〉認為佛學提供周夢蝶「一個不來不去、不生不滅的理想世界的可能性」。[21]朱炎〈周夢蝶的詩藝與氣質〉則論〈孤峰頂上〉，說道「這顯然試寫他那追求人生之絕峰極頂的自己；因為他在六十五年十月三日致周棄子先生的信裡曾說：『乩仙說我六十歲，即大大後年當走！』」。[22]筆者認為「趺坐」姿態的彰顯，可以對照本文前述所論之「走」的隱喻，如果說「走」是一種較悲苦的人生宿命，充滿了艱辛坎坷，預設終點將有報償與慰藉，那麼「趺坐」則比較提供一種較理想性來觀照世界的態度，就是把這些苦難恐怖種種當作是心性修練的考驗，當我明心見性時，我可以掙脫時間的控制、諸苦的逼身，遂而「期待」自己能解脫開悟。又如同〈空白〉這首詩：

---

[20] 屈大成：〈周夢蝶詩與佛教〉，收入黎活仁、蕭蕭、羅任玲編《雪中取火且鑄火為雪》（臺北：萬卷樓，2010年），頁254。

[21] 戴訓揚：〈新時代的採菊人〉，收入曾進豐編《娑婆詩人周夢蝶》，頁123。

[22] 朱炎：〈周夢蝶的詩藝與氣質〉，收入曾進豐編《娑婆詩人周夢蝶》，頁150。

依然覺得你在這兒坐著

迴音似的

一尊斷臂而又盲目的空白

在橄欖街，我底日子

是苦皺著朝回流的──

……

……

倘你也繫念我亦如我念你時

在你盲目底淚影深處

應有人面如僧趺坐凝默

──〈空白〉

　　〈空白〉詩中嵌入佛教「立雪斷臂」求法的典故，那個
我和你，當是肉身之我與如僧趺坐凝默的我，那個明心見性之
我，相互對話；肉身之我回顧過往，因有現實之苦澀，因此
其心是動的、是充滿有情，「倘你也繫念我亦如我念你時」，
透露出聖凡之正反在自身調和之落差。奚密認為「雖然周夢蝶
的作品向以禪意佛心知名。但是，我以為支撐其作品，也是
它最動人之處，不是老莊佛家的超越與捨棄，而是他的『有

我』」，一個為情所苦，但始終無法忘情，且對情禮讚頌歌不已的『我』」。[23]根據奚密的看法，而可進一步說，在周夢蝶詩中有關宗教情懷，甚而有關禪悟等等，都不宜看作是現實的周夢蝶已然如此，或許應將這些禪思的詩作理解成，周夢蝶面對人生疾苦時，勾勒出一個想要努力學習的應然情境。

同樣的自我觀看模式與聖凡的正反心境，亦見〈寂寞〉：

寂寞躡手躡腳地
尾著黃昏
悄悄打我背後裏來，裏來

缺月孤懸天中
又返照於荇藻交橫的溪底
溪面如鏡晶澈
祇偶爾有幾瓣白雲冉冉
幾點飛鳥輕噪著渡影掠水過

我趺坐著
看了看岸上的我自己

---

[23] 奚密：〈修溫柔法的蝴蝶〉，收入曾進豐編《娑婆詩人周夢蝶》，頁252。

再看看投映在水裏的

醒然一笑

把一根斷枯的柳枝

在沒一絲破綻的水面上

著意點畫著「人」字──

一個。兩個，三個……

──〈寂寞〉

　　「從缺月孤懸天」到「溪面如鏡」要指涉的是內心境界，如鏡花水月皆成空，不再對外在沾染反應，只有偶爾白雲幾瓣與飛鳥輕掠。接著，我趺坐，觀看岸上與水面的自己，這三者都是自我的不同面向，如同洪淑苓所論，「趺坐的我、岸上的我、投映在水裡的我。三者都是我的『存在』，不同的面向，透過水的映照，以及內在的省思，終於『醒然一笑』，探觸了自我的本質」。[24]但我們可以進一步討論，這三個分屬何種面向，為何要據此觀看呢？！在周夢蝶的詩作中，「趺坐」象徵了一種近似內觀的禪坐，如實觀察事物的樣貌，當然也包含了自我觀看，而且屬於深層的觀看。不過，在周夢蝶的詩作中，並不承載剖析這事物的實相，「趺坐」的操作比較像是一種

儀式性的空間開展，往返於內心的想望世界——淨土、理想中的自我。肉身是有情的，會感到內心寂寞，如詩句「寂寞自背後襲來」，但「趺坐」的我，象徵了悟實相者、因此其境界靜澄，由趺坐者劃破投射水面上的我，意指「本來無我」，從因緣聚合說其空，增強佛教鏡花水月的意象。故說，寂寞也無可攀附。

四、儀式性的空間部署

　　承前述，在周夢蝶的詩作中，「坐」隱含了一種儀式性的空間開展，其儀式目的在於「了悟實相」，就其空間的開展意象來說，必伴隨著「聲響」，而此「坐」必是「獨坐」。從周夢蝶相關詩作，觸目可見「趺坐」的我，觀看四周，這是「眼」的根器作用，所見的景象幾乎都是「動態」，由我觀照外在世界，而對比內心之瞬間被擾動或者如如不動之境界。例如〈落花夢〉「一隻黃鸝打我坐著的枝梢躍起／我一震──拄杖失落了，呢喃休止了／左右後前擁來一陣繽紛──／是姊妹們竊竊的笑聲」，黃鸝鳥從枝梢躍起，翅膀撲拍的動態與聲響，使正在樹下端坐的我為之一震，而這一震使得「拄杖失落」。此番窘景引發更多女子繽紛笑聲。從黃鸝鳥拍動翅膀之聲到笑語紛鬧，這外在聲音的繽紛，或許可以解釋為外在的媚動，不斷地測試著人性感官的眼耳寂靜。

　　周夢蝶詩作中，外在的「聲響」與內在的「禪坐」幾乎成為一組儀式性的對照，〈菩提樹下〉「是的，這兒已經有人坐過／草色凝碧。縱使在冬季／縱使結趺者底蹬音已遠逝／你依

然有枕著萬籟／與風月底背面相對密談的欣喜」，〈川端橋夜坐〉「渾凝而囫圇的靜寂／給橋上來往如織劇喘急吼著的車群撞爛了／而橋下的水波依然流轉得很穩平──（時間之神微笑著，正按著雙槳隨流蕩漾開去／他全身墨黑，我辨認不清他的面目／隔岸星火寥落，髣髴是他愛倦諷刺的眼睛）」。從語言表述層來說，「聲響」之動與「禪坐」之靜這是修辭結構的對比，但若深層到華人文化的思維模式，則可扣連至《易經》兩兩相對的辯證性結構，而此結構是一種動態的平衡且相互彰顯。

五、結語

　　文學作為表述載體，它的符碼記錄了社會文化、創作者的事件經驗，從整個社會時代來說，周夢蝶處在1949年大陸來臺詩人的離散語境；自個人事件來說，周夢蝶的喪母、喪妻，喪子加深了人生無常之感。不過，周夢蝶詩並非典型的離散敘事，他幾乎是偏離思鄉而專注地在有情世界中，藉由對人生無常的反思，與思索人生何以如此「無端」，作一總體性的人生「回顧」、「理解」與「評價」。

　　在周夢蝶眾多詩作中，「走」與「坐」的動詞，大量出現在《孤獨國》之後，我們以「坐」與「走」的時空感可逼顯出「根源」及「家」的意象，見其空間的物件建構與觀看。「走」是人生常態，從隱喻來說，人生就是不停地在走，而無法安置下來，這點隱隱約約地扣合了1949年的離散語境。而周夢蝶以其宗教信仰，為這人生旅途上預設了一個得到報償、收穫的正向終點。他將這些人生種種的諸有恐怖，不斷逼身，當作是「考驗」，迺而「期待」自己最終能解脫開悟。而在周夢蝶詩中，最常出現的「趺坐」的空間建構是處在「高峰」，此

高峰象徵著孤寂，無人相伴，同時也是坐姿者內心的清清寂寂。同時，在此外在空間的「聲響」往往與內在的「禪坐」之寂靜，亦成為儀式性的對照。此時，高峰的虛空場景或風雷雨電成為一種儀式性的空間開展，呈顯的是時間來去的「試煉場」，而且形成多方式的觀看——肉身的有情、了悟實像者，顯現出聖凡之正反在自身調和之落差。

第六章

再述說一個成功版本
——論鯨向海療癒系的樂園模式

面對努力無所獲、屢屢失敗的不幸現實世界，鯨向海選擇在筆下
再造一個「夢」，再訴說一個「成功」的故事。在這個烏托邦
的「理想樂園」中，所有意象轉而明亮、開朗、活潑，並有更多
「身體知覺上的接觸」，補償了現實中被遺棄的孤獨感，療癒了
你我。

如鯨向海所言，「詩對於瘋狂的包容，和精神病院是一樣的」。
又或者說，「詩」本就是樂園，甚麼都可以，甚麼都願意。

一、獻給讀者粉絲

　　鯨向海的崛起伴隨著文學傳播從「平面紙本」躍然「虛擬空間」的發展語境。當創作者發表作品的管道，不再侷限於同仁詩刊，而轉向大專院校BBS的個人版、現代詩專版，或者部落格等網路免費空間，這意味著創作者不再需要直接面對前行代的「班底」檢驗，如埃斯卡皮（Robert Escarpit）所揭示文學生產事業總有「集群」，「在某些事件中把持輿論，而且有意無意間阻擾通路，壓得新血輪不能嶄露頭角」。[1]新一代的創作者如果不再需要透過編輯審查的窄門，也就不需要太顧慮編輯守門人的審美價值，而較能輕易邁向作家之路。須文蔚在《臺灣數位文學論》提到網際網路作為新的傳播媒體，對新生代詩人，產生了直接影響，那就是「聚集了新的社群」以及「重新找到了新的讀者群」。[2]我們若回到文學產製過程，檢視此一傳播媒體的轉向；當作品從平面發行，過程會有篩選、

---

[1] 〔法〕埃斯卡皮（Robert Escarpit）著，葉淑燕譯：《文學社會學》（臺北：遠流，1990年），頁46。

[2] 須文蔚：《臺灣數位文學論》（臺北：二魚文化，2003年），頁137。

製作與發行等環節，但換成作者自己經營網際空間，他便需要自己扛起行銷及面對他的讀者群，回應讀者的索求。從創作到出版，讀者就不再只是出版社或作者預設想像一批可能的潛在讀者，[3]而是可以隨時在網際網路現身與作者即刻互動，更甚至類似「讀者粉絲」。[4]粉絲們的閱讀意願與回饋，更直接挑戰了作者經營網路空間的成敗。

　　不過，當創作發表途徑從平面媒體轉向網際網路時，人人都可以是作家、作品很可能因為不需要通過編輯守門人審查，讀者也不一定具有專業的審美判斷力，這使得網路作品，不再完全需要服膺於詩的經典性──高度濃縮的意象與精鍊的美感。李翠瑛就指出鯨向海的網際寫作受到上述影響，而傾向大眾化口語，常有意象精煉、鬆散的兩極落差。[5]陳政彥也從「雅俗

---

[3]　相關出版社與作者的「出版職能」參閱埃斯卡皮《文學社會學》，頁78-80。

[4]　李翠瑛在〈落差、矛盾與通俗──論鯨向海大眾化詩歌之表現風貌與網路寫作現象〉提到鯨向海的「讀者粉絲」現象，「此類讀者具有的特質較接近粉絲崇拜或追求作者的傾向，當他們透過網路得以與創作者回應時，拉近彼此的距離，同時也讓讀者與作者之間因交流而建立情感，其情感的內涵較純粹在書局買書回家閱讀者更為複雜」。李翠瑛：〈落差、矛盾與通俗──論鯨向海大眾化詩歌之表現風貌與網路寫作現象〉，《臺灣詩學學刊》第20期（2012年11月），頁196-197。

[5]　李翠瑛也提到「讀者評價不一定是詩真正的評價，可能因網路的過度自由而造成評價失誤或是落差的可能，突顯不良的、通俗的語言與精緻嚴謹的詩作之間往往存在審美價值混淆的可能」。李翠瑛：〈落差、矛盾與通俗──論鯨向海大眾化詩歌之表現風貌與網路寫作現象〉，頁181、

並陳」、「古今同時」、「穢淨同居」討論鯨向海這種「非詩
的、不精緻」的語言特質面向。[6]

我們若回到作家本身的創作觀,問一個「詩」的本質性問
題,「詩是甚麼」、「寫詩有何用?」或許可以進一步釐清鯨
向海的寫作動機、目的,再重新詮釋他的詩作。

鯨向海究竟想要書寫甚麼樣的文學作品呢?我們從他第一
本詩集《通緝犯》的內頁作者介紹,他曾獲「全國學生文學獎
新詩首獎」、「大專學生文學獎」、「臺北市公車捷運詩徵選
首獎」、「全國優秀青年詩人獎」、「教育部文藝創作獎」、
「2002年PChome Online明日報網路文學獎首獎」。他在學生時
代就曾密集得獎,由此可知他知道如何寫出好詩,得獎並非偶
然性,但這樣子的「光環」只在他第一本詩集被提及,爾後再
出版詩集就僅淡淡羅列發行過的詩集以及醫學院的背景。鯨向
海在第一本詩集《通緝犯》的〈幾則關於詩的刀光劍影〉都還
曾以創作者本身,討論「自身如何熱愛詩作」,以及「如何寫
好詩」,「詩要怎麼學」等問題,[7]但是在《精神病院》乃至

198。簡政珍也以《精神病院》為例,指出同一本詩集當中,詩作優劣
對比懸殊。簡政珍:〈詩的慣性書寫與意象思維——評鯨向海的《精神
病院》〉,《文訊》第250期(2006年8月),頁96。

[6] 陳政彥:〈「kidult」的fu——論鯨向海詩中的青春〉,《身體・意識,
敘事現代詩九家論》(臺北:秀威經典,2017年),頁17-25。

[7] 鯨向海:〈幾則關於詩的刀光劍影〉,《通緝犯》(臺北縣:木馬文

《犄角》序文陸續所談及的焦點，便已轉移到「讀者粉絲」對自己的影響與重要性。「讀者粉絲」期待鯨向海寫出他們的心情，期待被理解、被療癒，而他們彷彿變身為新一代的「編輯守門人」，檢視著作品。[8]

鯨向海是這麼理解創作者與讀者之間的關係，他說讀者「和詩人彼此有治療者和被治療者的精神動力關係」。[9]雖然，在2018年所出版的《每天都在膨脹》的序文，寫作的動機又回到了寫詩者本身，但是「讀者粉絲」仍鮮明地居處在他心中。他在序文的最後一段這麼表示：「這本詩集是要獻給一

化，2002年），頁190、194、196。

[8] 鯨向海：「約十年前開始上網寫詩。漸漸地，不知道什麼時候開始，美麗花朵般的日子，突然出現一些澎湃的綠色葉子，告訴你，他們是你的「粉絲」。多麼偉大的專業啊，有時連你的戀人都不願意權充你的粉絲，連你自己都不一定是自己的粉絲；他們挺身而出，搶過啦啦隊旗，心無芥蒂，高聲吶喊。……這些fans深知你的每一首作品。當你企圖偷懶時，他們森然出現，猶如盡責的幽靈，指出B詩的某意象已經在A詩合唱過了；責怪你擅自動了C詩手腳而意圖蒙混成D詩。他們隨意說：「讀你的詩集，感覺你讀過我……」激情地說：「你所寫的詩和散文，不知為什麼就是超級合我的胃口，好看得不得了……」另一則說；「你是我的精神醫師，治療我感情上的鬱結，有悶就往你部落格跑，大部分都能順服一些我的氣悶……」……他們甚至公然在網頁上聲稱：『你是我目前最期待的臺灣作家』，使你不知如何招架才好，只得無晴無雨繼續寫下去。」鯨向海：〈fans之夢（偽序）〉，《大雄》（臺北：麥田，城邦文化，2009年），頁6-7。

[9] 鯨向海：〈摘要下帽子來相認——序〉，《精神病院》（臺北：大塊文化，2006年），頁12-13。

種平常人，蜷曲於複雜人間，彷彿無聲無息簡單度日，卻極可能是犯禁的前衛者」。[10]顯然，「詩」的美學問題，可能不如「讀者粉絲」重要；這群「讀者粉絲」也就是鯨向海的「意圖性讀者」。[11]作者為這些預設讀者寫作，能不能夠寫進讀者與自己內心，給予各種情緒理解與寬慰，讓生活繼續度日，才是書寫的重要目的——或者我們進一步說，「興觀群怨」本來就是詩之為詩的功能性本質，而這正是鯨向海心念所在。

綜觀鯨向海詩集，他所書寫的主題雖然廣泛，但大體上都集中在各種難以為情的糾結情緒，辯證著現實當中我們習以為常的二元對立之事：人之「正常與不正常」、「有病與沒病」、「弱與強」、「愛與失戀」、「生與死」；而作品中受到關注的同志書寫，[12]其實也在這個意象模組之內。人在面對諸多煩惱侵害，不論是殘酷的環境或者身心的病痛，都會本能

---

[10] 鯨向海：〈有一種平常人〉，《每天都在膨脹》（臺北：大塊文化，2018年），頁9。

[11] 意圖性讀者（the intended reader）來自沃爾夫（Erwin Wolff）的理念，這是作者心目中的理想讀者，作者為這樣的預期讀者而創作，讀者的閱讀大致上也不離作者所設計的意圖。參見簡政珍導讀：《讀者反映閱讀法》（臺北：文建會，2010年），頁27。

[12] 關於鯨向海的同志書寫的相關論文有：林佩苓：〈隱／現於詩句中的同志意象——以鯨向海為觀察對象〉，《當代詩學》第5期（2009年12月），頁5-30。劉韋佐：〈同志詩的閱讀與陰性書寫策略——以陳克華、鯨向海、孫梓評為例〉，《臺灣詩學學刊》第13期（2009年8月），頁209-238。

地想「逃避」，撇下受苦的肉身、遠離這個艱困空間。段義孚《逃避主義：從恐懼到創造》中詮釋人對現實環境的感受，當人感受到種種煩惱威脅時，會傾向「逃避」；不論逃避的空間是從城市到自然，或者從現實轉移到虛構想像世界。[13]

確實，「逃避」也是一種「解決」方式。鯨向海的書寫模式，就在面對上述現實煩惱時，開闢了一個「夢」的空間，以他的話語來說，那是一個樂園。我們或許可以這麼說，他試圖在「夢／樂園」重新再敘述一個「成功的」、「正常的」故事版本。

依循上述對鯨向海詩作語境的綜合理解，本文研究不打算從主題性的類型切入，筆者認為他書寫青春、同志、精神病等等主題，其模組都是相類似性的，因此想要探究的是詩意的深層模組結構。鯨向海那麼在意他的讀者，而他的讀者又彷若與他同病的患者，現實中的確有那麼多的讀者與之相濡以沫，[14]顯見他心中自有鮮明的「意圖性讀者」，而這些讀者也透過詩

---

[13] 〔美〕段義孚著，周尚義譯：《逃避主義：從恐懼到創造》二版（新北市：立緒，2014年），頁3。

[14] 根據每本詩集的版權頁所示的刷行量，除了《通緝犯》絕版，《精神病院》2006年3月一刷，2011年3月已經四刷，而第三本詩集《大雄》在2009年3月出版，到了2010年12月，已經初版三刷，第四本詩集《A夢》則2015年初版一刷。李翠瑛也曾統計《通緝犯》到第三本詩集《大雄》的發行量。李翠瑛：〈落差、矛盾與通俗──論鯨向海大眾化詩歌之表現風貌與網路寫作現象〉，頁33-34。

作，與之共感共契。因此，詩意的深層模組研究，有助於回答
我們下列問題：他所預設的「意圖性讀者」為何？他又運用了
甚麼樣的情緒命題，形成特定的觀看模式，使得他與讀者藉由
「意象」，確認彼此共感，進而「相認」；他又如何重新敘述
故事，讓讀者馴服、安頓在言語的「夢／樂園」。

二、與無數孤獨的「你」相認

　　「孤獨」是文學常見的情緒命題。人的孤獨與分離感是
即便在熟悉的環境，也會因為世界的冷漠與世界的他性，而感
到與這環境無法相容。[15]這些冷漠與他性，我們可以說是存在
這人世間都會面對到的內外問題；外在是看不到的價值體系、
習俗制度、功名利祿、窮通、禍福、得失、毀譽等等，操之
在己的則是個人性超越的內在修養。鯨向海詩作在處理人面對
現實的種種煩惱，是將無法處理的現實擺放在一旁，轉而「逃
避」、「沉湎」於內在幻想世界。「逃避」與「沉湎」於幻
想，當然不是走內在工夫修養的方法。於此，鯨向海傾向指認
出這些情緒的根源跟狀態，使人產生「理解」，那些隱藏於內
的事情始末，不被思索到的，在詩作中形成意象，一一被指認
出來。當自己的情緒彷彿被指認出來，被說出來，就能產生
「被理解」，而這正是文學療癒的途徑。[16]

---

[15] 〔美〕段義孚著，周尚義譯：《逃避主義：從恐懼到創造》，頁119。
[16] 鯨向海在〈摘下帽子前來相認──序言〉提到讀者閱讀詩作彷彿在閱讀
　　自己的故事，「在迷離氤氳，遮遮掩掩的詩境，導致每個人都會覺得我

鯨向海的書寫模式，鎖定了特定的「意圖性讀者」，我們可以在鯨向海的詩集序中，看見他如何定義這群讀者。

> 唯有讀者們，那些具有良好安撫技巧以及訓練有素的同理心的治療家，可以使詩人們的病更加無所畏懼。然而，然而，總不免有些讀者，咫尺天涯，只能讀到表面的部分；相反的，也必然會有那樣的神祕讀者，甚至一生僅只一次，和詩人彼此有治療者和被治療者的精神動力關係。[17]

> 佛洛伊德曾說：「每個笑話都會募集自己的群眾，而為同一個笑話而笑是心理一致的明顯證據。」我很享受能夠和讀者彷彿心靈相通，為了同一個梗會心一笑那種趣味。那些梗也是犄角吧，大家都想戳到對的人。[18]

正在寫著他們。我無法以小說故事或其他方式描繪我對他們的愛恨，許是因為還學不會虛構病症，總太坦白面對自身的隱疾了？寫詩對我而言，一直是年少所為，最誠實之事」。鯨向海：〈摘下帽子前來相認──序言〉，《精神病院》，頁14。

[17] 鯨向海：〈摘下帽子前來相認──序言〉，《精神病院》，頁12。

[18] 鯨向海：〈一頭通緝犯，十年犄角：致鯨向海們──序〉，《犄角》（臺北：大塊文化，2012年），頁18。

從引文所見，鯨向海賦予了讀者「治療家」的身分；當心靈相
通時，理解性療癒就是一種雙向作用，作者也因為被讀者理
解，看見言說底下的情緒，而使創作者「更加毫無畏懼」。這
裡所指的「毫無畏懼」，近似於一種理直氣壯，正對照鯨向海
詩中屢屢出現的「很弱」、「害羞」。寫作與閱讀的「雙向理
解」變成是壯大聲勢的集體活動。

　　鯨向海在序文「獻給／所有升出水面之犄角／我跟你們
共用了／同一隻獸」[19]，「它們本身自成一種理想與秩序，共
用著我，都是鯨向海們」，[20]「所以你出道也十年了喔，偷鯨
向海的賊／是的。很高興你還在，我也還在」。[21]「讀者」與
「我」同樣成就了詩集，共用著「犄角」──內心的狎邪與聖
潔。[22]

　　那些無數的「你」藉由這些被指認出來的情緒根源跟狀
態，產生了「同情共感」，遂與作者「相認」；或者更深一
層，我們可以說，是透過「理解」這些情緒根源，而與情緒

---

[19] 同前註。

[20] 鯨向海：〈一頭通緝犯，十年犄角：致鯨向海們──序〉，頁20。

[21] 鯨向海：〈一頭通緝犯，十年犄角：致鯨向海們──序〉，頁21。

[22] 「那些難以忽略經常反覆突出的詞語就是一種犄角吧，而他們可能都是
源自於內心的同一隻獸。這真是所有寫詩者共通的秘密了。挺然翹然的
犄角，固然可以是狎邪的，未嘗不能有十字架般的聖潔，端看我們怎麼
高舉，怎麼低撫」。鯨向海：〈一頭通緝犯，十年犄角：致鯨向海們
──序〉，頁19。

「相認」了。李癸雲在研究文學作為精神療癒的實踐，引克里斯德瓦《黑太陽：抑鬱症與憂鬱》所言，「讀者可以感受得到（我喜歡這本書，因為它傳達了憂傷，痛楚或欣喜），然而該情感已經過控制，置於一旁，已被克服。」因此，讀者在作品裡產生「類心理治療效應」。[23]

　　鯨向海的眾多詩作文本，最常見的「你」大致上被安置在「孤獨」、「遺棄」的情緒命題，這裡所指的「你」泛指意圖性讀者，而在文本敘述中有時是以第二人稱現身，有時則是第一人稱「我」為之代言。在最新的詩集《每天都在膨脹》序言，他特別指明詩集是要獻給「一種平常人」，「彷彿無聲無息簡單度日，卻極可能是犯禁的前衛者」，這裡特別指出的「犯禁的前衛者」，從詩作綜合來看，並不是指積極的改革份子，而是那些無法符合外在社會「價值體系」、「習俗信仰」的人。所謂「犯禁」，簡言之就是「不符合常規」，而時常感覺與社會格格不入。我們可以推測，這是鯨向海對「意圖性讀

---

[23] 李癸雲：〈文學作為精神療癒之實踐──以臺灣女詩人葉紅為研究對象〉，《清華學報》第44期（2014年6月），頁261。鯨向海也在《精神病院》的序言提到他的讀者閱讀他的詩作產生「類心理治療」的作用。鯨向海：〈摘下帽子前來相認──序言〉「也有讀者透過網路留言說他在旗鹽山狩獵山豬，⋯⋯此處他所說的類心理治療效應，當然完全是象徵性的；我讀了會心一笑，這是他企圖用他自己的方式，告訴我他如何從我的詩集獲益」。鯨向海：〈摘下帽子前來相認──序言〉，《精神病院》，頁12。

者」所作的情境設定。

　　我們如果將眾多詩作中的「你」（或者「我」）所輻射的意象連結起來，那麼「孤寂」、「被遺棄」、「沒被選中」等等匯聚成類，便是巨大的「孤獨」，這在《精神病院》與《大雄》密集出現。例如「鎖孔中的鑰匙／自己又寂寞地／轉動了起來」，[24]「你是那種比較強的風／我的靈魂依附在上面／是那麼容易散落」，[25]「我常幻想走在秋天的路上／一抬頭就看見你／巨大，而且攝人的美麗／不斷落下／卻又沒有一片要擊中我的意思」。[26]由文本的上下語境可見，並不是對方真的做出甚麼傷害的事情，反倒是「聯繫」、「一點關係也沒有」的無所依附，自作多情，如同鑰匙想要開啟甚麼世界，可是卻徒勞無功。

　　這樣的語境設定在《大雄》更為顯著，例如〈溫柔〉「溫柔。一種無盡旋轉的微波爐／我有空的時候，你都沒空……」，「孤寂。像藏在後院的小貓／怕被發現……」，[27]下列〈空無〉正好可展示這樣孤獨模式：

---

[24] 鯨向海：〈鑰匙〉，《精神病院》，頁35。
[25] 鯨向海：〈你是那種比較強的風〉，《精神病院》，頁29。
[26] 鯨向海：〈懷人〉，《精神病院》，頁33。
[27] 鯨向海：〈溫柔〉，《大雄》，頁77。

若你回頭

眼神將會射中我

我是那種在你射程之內的人

（是的，我願意）

然後我將嘲笑自己

像是大部分的時候每一夜

（能做的事情真的不多）

我把這天的傷口深深地挖開，卻空無一物

──〈空無〉[28]

詩中的敘述者期待著對方「看見」自己，這裡的「射中眼神」
想必就是在心裡產生依戀或留下些許感覺的，「我」十分願意
被你射中。「若你回頭」這是假設，再到「然後我將嘲笑自
己」也還是想像，那個「若……」，但終究甚麼都沒有，除
了幻想那個起始「若……然後……」。「（能做的事情真的不
多）」與「是的，我願意」都屬於內心判斷，也可以說是不帶
貶意或嘲弄的真誠語。「我把這天的傷口深深地挖開，卻空無
一物」，「傷口」底下甚麼都沒有，空無一物，應該指的是來
自於對方的眼神，或者能產生甚麼樣的聯繫的內容物；但就像

---

[28] 鯨向海：〈空無〉，《大雄》，頁27。

大部分的每一夜，期待落空，但也就是落空而已，沒有別的；即便是負面情緒，也未可得。甚麼都未可得，卻還是產生了傷口，那麼這「傷口」的成因想必也來自於無法產生聯繫的「孤獨」吧！

在《大雄》詩集中，〈全蝕〉「沒被選中／也沒被丟棄的蘋果／於市場一角寂寞地爛著／也許最後被淘汰的竟是這種黃昏／那時我在遠方為你站哨／火光熊熊，周身信念與無線電波／目睹全蝕之慷慨」，[29] 沒有被選中，但也不是被丟棄，這樣不上不下，因不夠乾脆而放著爛的，缺乏主體掌控權，不由自主的，終究也還是被淘汰掉。詩中話語一轉，「在遠方為你站哨／火光熊熊」，那意念是完全對反前述「放著等爛的」，最後一句以「全蝕」為譬，喻以自己對感情，要就該像這樣全蝕般淋漓盡致，完全吞噬的執著昂烈，就像此時在遠方心中仍為你站哨、守護著你的我。

那種「無端」被拋擲於此，近乎一種無來由的、命定的情境設定，如上述「沒被選中／也沒被丟棄的蘋果」；另一首〈腐爛的橘子〉，也採取相似的模式，「腐爛的橘子／也想要逃離腐爛的籃子／他並不喜歡自己腐爛的鼻子／更同情被迫跟著他一起腐爛的馬子」，「其實他只是無意間滾到了腐爛的

---

[29] 鯨向海：〈全蝕〉，《大雄》，頁21。

位子／但他始終如一還是一顆希望自己能夠甘甜的橘子」。[30]
此時淪落「腐爛」，只是無意無端所致。此詩更完全放棄了主
動性，不見全力一搏，籃子喻以環境，「想要逃離」但也只是
想要而已，沒有行動；「不喜歡」自己的樣貌，也連累身旁的
人，一同「被迫」腐爛。從在外環境一層層如橘子剝瓣腐爛，
節節敗退至內心，反倒在最後一句挺住，「始終如一還是一顆
希望自己能夠甘甜的橘子」。「始終如一」內含時間性，所維
持的是一種自身最初的期盼、價值性，覺得自己理該被賞識而
且自己該是完好飽滿，此處的「希望」不帶有「應然」，放置
在整首詩「放棄主動性」的語境，我們可以說這種「希望」反
倒成「逃避」至「幻想中」的自己。而這種「幻想」也可能來
自身旁的共犯結構，如〈寫給母親〉「連我自己都發現／我是
天鵝變成的醜小鴨了／然而母親緊緊抱著我／多年來／母親仍
用魔鏡照著我／要我相信自己是世界上最美好的」。[31]上述與
「你」相認的語境都還是一種孤獨的「共相」，人身而為人，
沒有來由的孤獨，而被「被遺棄」、「沒被選中」都還是一種
普遍性的情緒，在《每天都在膨脹》，鯨向海更有意將此孤獨
的「共相」化分細項，落實到每種人的「個體面貌」，從一
個共相類別到分殊各種「犯禁」樣態，讓人物、事件更具體鮮

---

[30] 鯨向海：〈腐爛的橘子〉，《大雄》，頁47。
[31] 鯨向海：〈寫給母親〉，《A夢》，頁162。

活。各種「有事」、各種姿態存活的「人」──失眠者、豔遇者、爆料者、嚎叫者、愛演者等等。若回到每本詩集創作的初衷──與你相認，從《精神病院》之序文〈摘下帽子前來相認〉，帽子所指的是夢，「夢是最後一種用以掩護的鴨舌帽」，摘下帽子就是要回到現實逼視、承認各種情緒現狀，不美好的現實總是令人膽怯；但這卻是鯨向海的創作動因，猶如前述他與讀者之間「類心理治療」的作用。〈尼斯湖水怪〉中，彼此相遇的犄角，「這個時代／靈魂閃著光／頭頂長出犄角來」，「相遇的時候／試著讓彼此明白／徘迴迷失良久以後／你我皆活在別人的魔法裡」。[32]靈魂閃著光，當是淬鍊所致，這淬鍊恐怕也來自許多身旁不友善的銳利磨光。相遇，是讓彼此明白，活在別人的魔法裡，所以才迷失良久。這裡「魔法」的深層義，應該就是許許多多的外在價值體系，因此人受困其中，遂而迷失、犯禁，在各種價值體的標準下顯得不正常。

---

[32] 鯨向海：〈尼斯湖水怪〉，《大雄》，頁22-23。

三、「平淡此刻─不幸」的觀看模式

「觀看模式」所指的是擷取事物認知的視角。顯而易見的，即便身處同樣的社會脈絡，每個人的感受性卻不同，這是個體的情境差異所致。進一步來說，在文學創作上，創作者所寫的主題類別即便眾多，但他所觀看事物的角度卻可能是相類似的。鄭毓瑜研究「替代與類推」的古典文學現象時，特別指出了這一點，「如果任何對於事物的認知，其實都是來自於看待事物的模式，是因為具有連結相似性的觀看方式，因此出現可以被認知的事物」，「亦即模式決定了眼見，感知的內容往往是透過模式框架所組構而成」[33]。鯨向海看待事物，也有相似的觀看模式，產生類推性的詩意模組。因此，即便詩中所書寫的對象、事物有別，從同志到精神病患這些社會邊緣性人物，或受到遺棄、不被選中的，但大致上我們可以找到他事件背後的特定命題，以及文學形式上的觀看模式。

這種觀看模式最為顯著的是在《A夢》。敘述通常架構在

---

[33] 鄭毓瑜：〈替代與類推〉，《引譬連類》（臺北：聯經，2012年），頁225。

一個「日常生活」，以「平淡無奇」開端，作為「不幸」的起首。雖然文學的時間本是一種「虛構」，但在閱讀情境上，會令讀者產生「信以為真」，猶如陶潛〈桃花源記並序〉「晉太原中，武陵人，捕魚為業」，確切的時間、人物、地點，加深虛構文學的可信度，讓傳說仙境更令人嚮往。

　　鯨向海的「時間」則選擇搭配了「普通平淡」的日常事件，而時間點就在昨夜、今日、今晚：「今晚又是神秘恐怖／身邊充滿了怪物」，[34]「今夜你的海浪／睡了沒」，[35]「今晚／我們歡迎孤魂野鬼前來暢談／養生之道」，[36]「今天依然是一個和尚／每個人都是」，[37]「今夜又起大霧／月色如純白的檸檬／今夜是一個恐怖箱」，[38]「今天又在捷運上睡死了／不再被好心人叫醒／於那個永恆的九月底滂沱落雨的星期六下午」，[39]「昨夜的棉被底下／比鑽石／更堅硬的獨角獸／藏在暗處」，「青春無敵時代獨有的抒情方式／皆無可挽回／變成了夢之遺物」[40]，「今夜又是／撿盡寒枝／不肯棲」，[41]「今

---

[34] 鯨向海：〈夜襲山中小屋〉，《精神病院》，頁68。

[35] 鯨向海：〈遙遠的讀者辛巴達〉，《精神病院》，頁101。

[36] 鯨向海：〈變成了一隻鬼之後〉，《精神病院》，頁170。

[37] 鯨向海：〈誘僧〉，《大雄》，頁78。

[38] 鯨向海：〈恐怖箱〉，《大雄》，頁112。

[39] 鯨向海：〈雨滴中深藏著海洋〉，《A夢》，頁34。

[40] 鯨向海：〈獨角獸〉，《A夢》，頁36-37。

[41] 鯨向海：〈詩餘集句〉，《A夢》，頁122。

夜的來電有淡淡的哀傷／像是一個好詩人再次頹然說從此不寫了／死亡僅是一種強烈的抒情／我怎能把對你的無限迴圈消滅」[42]，「今天神來看我／我感覺有點痛」，[43]「今夜又在吃秋葵了／最近因為特別沮喪／所以吃了很多秋葵」，[44]「一個爆料的人／今夜要用火星塞／點燃自己」。[45]

　　上述十二首詩作當中，除了〈爆料者：點燃自己〉的時間是在首段第二行出現，其他無一例外都在首段且為第一行開頭；彷彿作為情境設定，猶如小說敘事寫法，一開頭就交代了時空背景。這是偶然碰巧的嗎？我們歸納這些詩作的發表時間，可發現第一本《通緝犯》完全沒有這樣的寫法，與《通緝犯》互為孿生之作的《犄角》[46]也僅有一首；換言之，這樣的敘事模式是在《精神病院》才開始形成。

　　以此為敘事模式可以達到甚麼閱讀效果呢？此時此刻的「今天」、「今夜」加強了讀者共契的現實感，這不在過去，也不指向未來，就在此時此刻發生，我與你正處在同一時空

[42] 鯨向海：〈燎原的十四行〉，《A夢》，頁32。
[43] 鯨向海：〈末期病人〉，《犄角》，頁261。
[44] 鯨向海：〈永無止境的秋葵〉，《每天都在膨脹》，頁158。
[45] 鯨向海：〈爆料者：點燃自己〉，《每天都在膨脹》，頁66。
[46] 鯨向海將《通緝犯》選取部分詩作重組，並與十年來新寫或未發表的詩作，交錯互織而成為《犄角》。參見鯨向海：〈一頭通緝犯，十年犄角：致鯨向海們〉，《犄角》，頁11。

共感。對照《每天正在膨脹》中特別指出寫給「有一種平常人」，我們就可以瞭解鯨向海寫作的「意圖性讀者」設定：人的苦難不在於驚天動地的天災人禍，而是日常生活的瑣碎，那些令人左右為難，需要日夜面對的種種內外在失調，而這正是每天都在發生的。

我們可以注意到這些詩作當中，屢屢重複「又⋯⋯」，「今天依然」、「今夜又是」、「今夜又在」、「今天又起」等等，顯然「今日」只是長久以來平淡重複的「又一次」，如此推衍，「今日」的情緒其實也是長久以來的「又一次」。情緒的濃烈都掩過看似平凡如常的日子，如「神秘恐怖」、「頹然」、「哀傷」、「消滅」、「沮喪」、「點燃自己」。

這十二首詩作中，「夜晚」的比例占十首之多，這些瑣碎或舉無輕重的日常動作或觀察，吃秋葵、打電話、窗外起霧，理應不該掀起波瀾情緒，但我們若再仔細思索，這其實合乎常理。因為夜晚，無伴之人常處孤獨，詩中敘述者也在白天積累了種種身處社會價值系統當中的不堪、失調與挫敗；而這正是每一首「今夜」置於括弧，未言明的前語境。因此，鯨向海的詩意模組，往往建立在「平淡此刻—不幸」的敘事形式。此處的「不幸」來自於前述，人身處在社會價值體系、習俗規則等外在環境下的不堪、失調與挫敗，形成一種以「孤獨」為軸心，想要找尋認同卻不可得，遭受遺棄、不被選中的

類推意象。即使自身想要做出努力，卻又不可得，更擴展「孤獨」的語境資料庫。「就算寫成了一望燎原的十四行／從不曾比得上末日清晨」，[47]「一天打盹一百次／也無法變成一朵睡蓮」，[48]「我以為自己可以永遠／安於這些⋯⋯豈料這又是戰爭」，[49]「我原希望我們之間是不可言喻的／最後卻變成不可言喻」，[50]「長官誤會你是火龍果／但你明明是顆小番茄／卻不忍自己戳破」。[51]這些不堪、失調與挫敗的不幸，在詩作中以「就算如何⋯⋯也無法」，「以為如何⋯⋯沒想到」，「以為如何⋯⋯豈料」，「原希望⋯⋯最後卻」，「明明是⋯⋯卻」的形式反覆出現。

「歲月靜好」是一般常見的祝福語，人對於甚麼是幸福，甚麼是不幸的認知或有不同，但我們對於樂土的認知，大致上不會反對日常如實，風調雨順，四季如常運行的日常美好。楊牧在〈失去的樂土〉以〈擊壤歌〉為例：認為它所昭示的「日出而作，日入而息；鑿井而飲，耕田而食。帝力與我何有哉？」那種充分自得的平淡日常，正是一種人心嚮往的理想世

---

[47] 鯨向海：〈燎原的十四行〉，《A夢》，頁33。

[48] 鯨向海：〈假想病〉，《A夢》，頁26。

[49] 鯨向海：〈空襲〉，《A夢》，頁83。

[50] 鯨向海：〈日久變形之夏〉，《A夢》，頁46。

[51] 鯨向海：〈日常幻術：精神病患告訴我的〉，《A夢》，頁147。

界。[52]依循天理，耕田而食，努力而有所獲，在人世間是一件幸福的事；若對照於此，鯨向海詩中之日常不寧，無論如何期望皆落空，努力無所獲之不幸，即日日背離了樂土。依循前述段義孚所言，人因恐懼、不愉快，而產生逃避、遷移；鯨向海的「逃避路徑」，就是另闢樂園，而此樂園不在神仙處、天堂岸，而是在夜晚恐懼情緒叢生之時，進入夢的世界，再重述一個「成功」的故事。

---

[52] 楊牧：〈失去的樂土〉，《失去的樂土》（臺北：洪範書店，2002年），頁6-7。

四、樂園的身體儀式性

「夢」等同一個可以恣意想像，獲得滿足之樂園；而「現實與夢」的連通、互為補償，遂產生覺醒，這是常見的文學母題。夢的築造，並非烏托邦式的應然積極，而是不需努力，只要直接向內沉浸，便可撇去種種不快。這種夢的樂園宛如神話，「規避現實，沉湎於虛構的理想世界當中。其所架構的自足（self-sufficient）而封閉的體系裏，所有屬於現實的一切不快和缺失全遭摒棄，而呈現出一種永恆完美的靜態畫面。其基本精神是隱遁、是出世的，自與烏托邦的積極、入世大不相同」。[53]

那麼，在「夢／樂園」中，鯨向海如何重述一個成功的故事，以補償在現實的挫敗呢？我們可以〈這裡的巧遇〉為例說明，「這裡的巧遇多麼催眠／千里之外的風雨以溫柔關小／用整顆地球頭痛的人都睡著了／夢遊者沿著花瓣前進／此刻同意參加任何討論、比賽和啦啦隊」，「這裡的巧遇多麼安靜／一球一球地打，一箭一箭地射／（什麼掌紋都願意，什麼革

---

[53] 張惠娟：〈樂園神話與烏托邦──兼論中國烏托邦文學的認定問題〉，《中外文學》第15卷第3期（1986年8月），頁81。

命都可以）／孤獨地蹲坐在／想像的角落裡／多麼斑駁，我有一個愛你的秘密／多麼絕對，我有一個愛你的秘密」，[54]詩中言明夢與現實的分界，「夢遊者沿著花瓣前進」，進入想像的夢境；在夢境中，可以參與各種團隊活動：討論、比賽和啦啦隊，甚麼「都可以」、「都願意」，能「打」、能「射」，都是有對象性，如同鯨向海慣用的意象，這些都是與人接觸的渴望。「孤獨地蹲坐」是現實，在現實的處境裡，沒有任何「生動」意象，在「斑駁的」、「絕對的」秘密中，那個「愛你」顯得閉鎖重重。

　　另一首〈自己想像的愛情〉如出一轍，「不會的。我不會／跟著你的瘟疫／蔓延，客死異鄉／我要為你永遠／守住這莊園／每個季節為你／慵懶假寐／為你開窗繽紛／無論這次你／是觀光客或歸人儘管什麼／也不用留給我／我要穿你最中意的衣服／寫著你最喜歡的詩」，[55]「不會的。我不會／跟著你的瘟疫／蔓延，客死異鄉」是處在現實，不打算與對方過於親近患病，此處瘟疫當是愛情病的隱喻，「客死異鄉」承啟下句「守住這莊園」，我們或許可以解釋這個「鄉」、「莊園」近似於內心築構的想像世界，而非實指；在此敘述中的「我」異常活躍而無負擔，「慵懶假寐」、「開窗繽紛」，排除掉對方的介入，「我要

---

[54] 鯨向海：〈這裡的巧遇〉，《大雄》，頁60-61。
[55] 鯨向海：〈自己想像的愛情〉，《大雄》，頁167。

穿你最中意的衣服／寫著你最喜歡的詩」，近乎愛情全然是我自己的事了，扣合回詩題，這是「自己想像的愛情」。在夢的世界，一切都顯得主動開朗而明亮，「春天到了／忙著在遠方草地上／替我們打開晴空／沿途萬物皆盡拋錨／連鞋帶也掉了／可是仍欠世界一個裸奔／微笑吧／關於這個夢／快點跑過來，要不要試試／這裡的三明治？」，「接下來就是永恆的藝術電影」。[56]「三明治」蘊含食物與性愛的雙重隱喻，承接下面「永恆的藝術電影」，所有外物都拋盡褪去，只存留裸體接觸，那最原始純粹的肢體交織與欲望。對照〈裸睡〉中，看似現實的語境，「暗地交錯的枝椏／令人害羞的月光」，「我盡量不去碰他／他也不敢碰我」[57]，肢體顯得壓抑克制而且有距離，反倒是月光下的枝椏影子交錯，彷若內心渴望的投射。

在「夢／樂園」的虛構中，敘述者的姿態生動、活潑而自信，充滿許多接觸性的身體知覺，尤其在情欲主題詩作，更是如此。除了上述〈四腳獸〉，還有〈尾隨你進入公共廁所〉，「大霧中／也是會有幻想的吧／趁著還有很多很多愛的時候／尾隨你／進入公共廁所／風衣深處／星火晃動，百般不捨」，「感覺到有人／儲存在馬桶蓋上的體溫」[58]以及〈那

---

[56] 鯨向海：〈四腳獸〉，《大雄》，頁75。

[57] 鯨向海：〈裸睡〉，《大雄》，頁71。

[58] 鯨向海：〈尾隨你進公共廁所〉，《大雄》，頁72-73。

晚的魔術〉，「其實我始終跟在你後面像雙人舞像活見鬼」，
「你說你要走了當時我確實跟在你後面／把自己變大象變小丑
變成你的圍巾變你的腳印」，[59]在〈尾隨你進入公共廁所〉與
〈那晚的魔術〉都是相似的模式，「尾隨著你」、「跟在你後
面」是視覺的跟從，而「馬桶上的體溫」、「變成你的圍巾變
你的腳印」都是觸覺。為什麼那麼強調與他人在身體知覺上的
聯繫呢？這很可能是針對「孤獨」而來。身體知覺的接觸是最
實在、直接的。換言之，如何重述一個成功的故事，關鍵在於
「身體知覺的接觸」，形成這儀式後，夢即是理想樂園。

　　「夢／樂園」的虛構空間，顯然是一種逃避，那麼這種
逃避是自欺欺人嗎？恐怕不是，鯨向海在每一首述及「夢／樂
園」時，都清楚地劃出界線區分，不斷地自我揭示這是夢。如
〈很弱〉，「這不是夢中／不是怎樣都可以的時刻／我也不是
一定要他怎樣／我真的很弱」，[60]或者〈水果〉，「我知道天
生萬物／不曾棄養／即使是一顆瀕臨腐敗的水果」，「幸福感
覺超痛／使我在夢中果園繼續純真地膨脹」。[61]

　　鯨向海是深度看待「夢／樂園」的作用，上述各種尾隨、
裸奔、慵懶假寐、沿著花瓣前進等等，是多麼樂園式的狂想，

---

[59] 鯨向海：〈那晚的魔術〉，《大雄》，頁69。

[60] 鯨向海：〈很弱〉，《A夢》，頁38。

[61] 鯨向海：〈水果〉，《A夢》，頁30-31。

對改善現實看似毫無裨益。他在〈莊嚴氣氛〉與〈樂園〉卻挖掘了樂園存在之深層義。〈莊嚴氣氛〉,「那些埋在內心深處／一百年也不會腐爛的東西／忙著鍛接彼此夢境／日復一日的捷運站／當窗外突然湧現樂園／忍住不笑／就會出現莊嚴氣氛」,為什麼忍住不笑,莊嚴氣氛就會顯現?樂園令人想笑,人們在那裏頭重複著無意義的動作、旋轉、高舉、轉圈,就開心了起來,旁觀者看來或許覺得幼稚可笑,但若忍住不笑,直觀瞬間會產生類似「頓悟」的效果,穿透表象,看進深處,看到他們在做甚麼、渴望甚麼?如前述段義孚所言,樂園的設置本來就是提供人們逃避痛苦,那是人之本能需求;而倘若人因存在痛苦而卑微地活著,在生命中想博取快樂,即便是夢,即便是樂園,這是何等嚴肅而莊嚴的存在議題。

另一首〈樂園〉中,病患嚮往樂園,他相信「據說樂園,一定遺留了某種能量／以不同方式顯現出來……」,「你信了,徘迴在那些毫無希望的街頭／像一隻狗,被車撞了以後,在眾人驚呼聲中／搖搖晃晃,依然站了起來,繼續往前走／多麼希望像是散步一樣／意外走進了樂園……／我覺得你沒病／我們都沒有」,「祂只是不讓我們知道／我們已經身在裡面」。[62]現實街頭毫無希望,人像條狗晃蕩其中,樂園在哪?

---

[62] 鯨向海:〈樂園〉,《大雄》,頁184-185。

這是鯨向海很少數不帶戲謔，而深層地回應關於「無端」、「偶然」，那些沒有來由而遭逢於此；以及在社會價值體系的判準下，諸多關於有病沒病、正常失常等的界線混淆。最後一句，「祂只是不讓我們知道／我們已經身在裡面」，是對這些患者寄以憐憫同情，我們其實已經身在樂園，只是看不見。為何看不見，我們或許可以從詩作中的「觀看模式」找到解答，因為「觀看的模式」早決定了內容。在現實生命中也是如此。

　　看不見樂園又怎麼辦呢？鯨向海不從內在功夫修養論去回應，因為對於「平淡此刻—不幸」的觀看模式來說，逃避至「夢／樂園」，而不在現世追求，反倒是處在永恆完美，猶如不需歸人過客，而自足封閉。

五、結語

　　鯨向海把「意圖性讀者」置放在寫作的首要，他藉由書寫指出情緒的根源性與模式，以此與讀者「相認」，透過「理解」這些情緒根源，與讀者產生雙向「類心理治療」的作用。他所預設的讀者情境，從青春、愛情、同志等等，不論詩作的主題性為何，普遍具有孤獨的共相。而「孤獨」的類推性意象，有「被遺棄」、「沒被選中」，這展現在詩作語境脈絡中，往往形成一種與社會價值不相容的「犯禁」樣態，或者來自生命無端、偶然遭逢之無可奈何。而鄙俚、鬆散的日常用語很適合與人「搏感情」、得到情緒上的相互指認，特別是在社會上這些被遺棄的、不合乎規範的各類犯禁者。

　　在孤獨的情緒命題之下，有著「平淡此刻——不幸」的觀看模式，這種模式通常架構在一個「日常生活」，以「平淡無奇」作為開端，詩中幾乎以「今天」、「今夜」作為起首，加強了讀者共契的現實感，而且「今日」並不是一種特殊性，而是長久以來平淡重複的「又一次」，「今日」的情緒其實也是長久以來的「又一次」，這種普遍、同一，更顯生活之難堪。同時，這些來

自現實處境的不堪、失調與挫敗，在詩作中呈現「就算如何……無法」，「以為如何……沒想到」，「以為如何……豈料」，「原希望……最後卻」，「明明是……卻」的形式反覆出現。

　　面對這種努力無所獲、屢屢失敗之不幸，鯨向海選擇架構一個「夢／樂園」，直接進入夢的世界，撇去不快，再重述一個「成功」的故事。在「夢／樂園」中，所有意象都顯得明亮、開朗、活潑，而且特別通過「身體知覺的接觸」，獲得與周遭的聯繫，補償了在現實當中的被遺棄、難以產生聯繫的孤獨。

　　在鯨向海的詩作中，大量的身體書寫，其實就是與周遭產生「身體知覺的接觸」，在這儀式後，即是理想樂園，因為有了觸覺、視線交流，孤獨就可以藉身體的滿足而直接消解。

　　「夢／樂園」，雖是一種「逃避」，但卻讓人有著「隱遁」且懷有「希望」的空間。如同鯨向海詩句，「明知道是／失敗的作品，我願意／站在你身邊／且永不更改我的表情」，[63]這或許是對人生而為人，渴望樂園卻又在現世屢屢挫敗，給予最莊嚴與厚實的支撐。即便是文字築造出來的「夢」，卻可安頓、療癒各種對於現實的妄想。如鯨向海所言，「詩對於瘋狂的包容，和精神病院是一樣的」。[64]又或者說，「詩」本是樂園，甚麼都可以，甚麼都願意。

---

[63] 鯨向海：〈四月〉，《大雄》，頁169。
[64] 鯨向海：〈摘下帽子來相認──序〉，《精神病院》，頁12。

第七章

CHAPTER 7

肉身空間

——論60世代女詩人妊娠書寫

「肉身經驗」影響了母體自我認知的鞏固與移轉。女詩人們普遍
使用了「子宮是宇宙」的概念譬喻，展示了如天地般開闊的視
野、大地生機的豐饒。

透過詩人張芳慈、洪淑苓、顏艾琳、陳秀喜、阿翁的妊娠書寫，
我們不再流浪於外，也彷若回歸到子宮內的風花樹草。

一、女性妊娠的總體情境

　　妊娠，對女人來說，這是一個子宮本具的生理功能。不論是否使用這個與生俱來的功能，都因為這個本體功用延伸了許多社會文化面向。西蒙・波娃（1908-1986）在《第二性》談論「母親」，便直接談到「成為母親，讓女人源自於自然法則的生理特性全然落了實；這是她「自然」的使命，因為她整個生理構造都是為了讓物種永存」。[1]子宮的本體功能，使它成為一個「容器」，孕育著胎兒。但不同於一般工具性器物，這個身體容器涉及了肉身感知，也觸及了社會文化層面以及自我認知的議題。它不時影響女人檢視／被檢視這個身體功能。

　　馬利雍・楊（1949-2006）在〈懷孕的肉身化：主體性與異化〉的一段話載明了「懷孕不屬於女人自己。懷孕是一種發展胎兒的狀態，對此狀態而言，女人只是容器；或者是一種在科學監控下客觀的、可觀察的過程；或者被女人自己客體化成一種『狀況』，在此時她必須『好好照顧自己』」，「我們無須

---

[1] 〔法〕西蒙・波娃（Simone de Beauvoir）著，邱瑞鑾譯：《第二性》（臺北：貓頭鷹，2013年），頁841。

驚訝關於懷孕的論述遺漏了主體性，因為在多數關於人類經驗與歷史的文化論述中，女人的特定經驗一直是缺席的」。[2]馬利雍・楊從「知覺現象學」切入女人的身體經驗，她認為懷孕時的主體在很多方面都是去中心化（decentered）、分裂或雙重的，「她經驗著是她與不是她的身體。身體內在的運動，屬於另一個存有，然而因為她的身體邊界轉變了」。[3]當身體邊界與身體習慣的使用方式改變時，這影響了主體對周遭的觀看方式，「在懷孕期，我真的無法確切感覺我的身體在哪終止，世界又從何處開始。我反射性的身體習慣被硬生生去除；我習慣的身體和我此刻的身體之間的連續性破裂了」。[4]

那麼，女性妊娠身體感知在文學研究上形成甚麼樣有待解決的問題呢？李元貞在《女性詩學：臺灣現代女詩人集體研究1951-2000》一書指出從50年代至90年代，除了90年代的女同志書寫外，多數女詩人較少直接書寫身體。[5]根據鄭慧如《身體詩論（1970-1999，臺灣）》，80年代的女性詩作除了細寫

---

[2] 〔美〕馬利雍・楊（Iris Marion Young）著，何定照譯：〈懷孕的肉身化：主體性與異化〉，《像女孩那樣丟球》（臺北：商周，2007年），頁75。

[3] 同前註，頁76。

[4] 〔美〕馬利雍・楊（Iris Marion Young）著，何定照譯：〈懷孕的肉身化：主體性與異化〉，《像女孩那樣丟球》，頁82-83。

[5] 李元貞：《女性詩學：臺灣現代女詩人集體研究（1951-2000）》（臺北：女書文化，2000年），頁167。

飲食、行旅、戀物之外，開始比較多從女性專屬的生理經驗月經、懷孕、流產、生產等，凝視、擴充對身體的認知。[6]而身體書寫與表現手法也往往與外緣環境的臺灣婦運、社運進程緊密結合，常用來反抗官方的、傳統的觀看方式與審美價值。[7]鍾玲認為80年代的夏宇，她的身體詩就具有「瓦解威權」、「瓦解理性方式」的語言特徵。[8]這些身體詩的創作實踐與研究上，常聚焦突顯女性的「性別─身體」、「情色─身體」，例如女性生理獨有的「羊水、奶汁、經血、惡露」，[9]或者帶有批判本質地，觸及情欲與性別的權力，反轉被物化的身體，

---

[6] 鄭慧如：《身體詩論（1970-1990，臺灣）》（臺灣：五南，2004年），頁154。

[7] 臺灣身體詩的時空情境變遷以及各個時期的發展特色，可詳見鄭慧如：《身體詩論（1970-1999）》第二章。鄭慧如也以夏宇、丘緩詩作為例，指出她們描寫身體形象時，這些頭皮屑、蛀牙、經血、避孕器的書寫，常是「不受制約」而且「流動的」，這取代了一般對女性裸體認知的結構性、協調性以及幾何性的理想，形成一種「醜怪身體」。參見鄭慧如：《身體詩論（1970-1999）》，頁188-189。

[8] 鍾玲：《現代中國繆司──臺灣女詩人作品析論》（臺北：聯經，1989年），頁146。

[9] 劉正忠：《現代漢詩的魔怪書寫》（臺北：臺灣學生書局，2010年），頁246、251。現代詩中的女性體液書寫可參考劉正忠：〈在惡露與甘露之間─臺灣當代詩的女性體液書寫〉，收錄在《現代漢詩的魔怪書寫》。經血書寫及其女性生理書寫意涵與語言策略可參考李癸雲：《朦朧、清明與流動──論臺灣現代女性詩作中的女性主體》（臺北：萬卷樓，2002年）。

而採取主動且情欲高漲的上位姿態。[10]我們從上述的身體書寫或許可以發現一個現象，情欲的結果可能應該導向「妊娠」這一環節，但眾多身體書寫中，卻常被輕描淡寫或者省略斷裂，而另寫「母親」這個社會人倫身分。鄭慧如在《身體詩論》以鍾玲《芬芳的海》為例，論及詩集中「美人圖」的才女形象，反映了理想中的女性，然而卻避開「身為婦女難以避免的生育關卡」。[11]

　　如李元貞之研究，女詩人的作品中所展現的主體認同與建立，「仍以『擁抱愛情』、『承擔母性』最為明顯」，而「寫母愛的詩較多，著墨於母體的書寫較少」。[12]文中系譜了

---

[10] 例如80年代的鍾玲、利玉芬、李元貞、夏宇，90年代的顏艾琳、江文瑜等都有相關情欲書寫，她們的語言策略常涉及性別權力。詳見鍾玲，《現代中國繆司——臺灣女詩人作品析論》、陳義芝：《從半裸到全開——臺灣戰後女詩人的性別意識》（臺北：臺灣學生書局，1999年），鄭慧如：《身體詩論（1970-1990，臺灣）》以及李元貞，《女性詩學：臺灣現代女詩人集體研究（1951-2000）》與李癸雲：《朦朧、清明與流動——論臺灣現代女性詩作中的女性主體》，這些身體詩的情欲研究，都已累積了相當可觀的論述。

[11] 鄭慧如：《身體詩論（1970-1999‧臺灣）》，頁163。

[12] 李元貞：〈論臺灣現代女詩人作品中「身體」與「情欲」的想像〉，《女性詩學：臺灣現代女詩人集體研究（1951-2000）》，頁206。陳芳明在談論到臺灣女詩人時，就提出「母性題材的盛行，大多在於闡揚人格的提升，人性的昇華，以及善的追求與惡的貶抑。對母性的肯定，也正是家國想像無可分隔的一環。過於偏向母性的推崇，並不能使女性作家注意到女性議題或女性特質的存在。」陳芳明：《臺灣新文學史（下）》（臺北：聯經，2011年），頁446。

陳秀喜〈灶〉、〈初產〉、杜潘芳格〈子宮〉、利玉芳〈子宮
樹〉、夏宇〈姜嫄〉，以及阿翁〈給當當書〉、洪淑苓〈康乃
馨為憑——致剛兒〉、〈河岸——分娩即事〉、江文瑜〈一首
情詩的誕生〉，形成一系列的母體妊娠書寫。[13]李元貞在此文
更以〈一首情詩的誕生〉為例，關注於女性在情欲和創作欲上
的並置、生產與創作的共謀，進而反轉男人的觀看。[14]李癸雲
《朦朧、清明與流動》延續了鍾玲、李元貞之說，亦談及「女
性妊娠」與「經血書寫」。[15]鄭慧如《身體詩論1970-1999・臺

---

[13] 原列李政乃〈初產〉一詩，應為陳秀喜詩。李元貞此文，〈初產〉轉引
  自鍾玲《現代中國繆司》的五〇年代詩人析論，然而此詩卻為誤植於李
  政乃詩，李癸雲在《朦朧、清明與流動——論臺灣現代女性詩作中的
  女性主體》也已將〈初產〉更正為陳秀喜詩，詳見李癸雲：《朦朧、
  清明與流動——論臺灣現代女性詩作中的女性主體》，頁186。張默曾
  撰文更正，李政乃未曾寫過〈初產〉一詩。張默：〈感覺為經，史論
  為緯——李政乃詩論初探〉，《竹塹》：「上述引詩〈初產〉，經筆者
  翻遍整本《千羽是詩》詩集，並沒有發現這首詩的蹤影，大概是鍾玲忙
  亂中把「出處」弄錯了，特此善意的提出，供愛詩人參考。（經筆者月
  前向李政乃電話查詢，她說從未寫過〈初產〉這首詩，可能是「張冠李
  戴」了，特此註明。）」。張默：〈感覺為經，史論為緯——李政乃
  詩論初探〉，《竹塹》。http://media.hcccb.gov.tw/manazine/2002-01-22/
  magazine1-4.htm。（徵引日期：2013年10月22日）
  這一系列的母體生產想像詩引自李元貞：〈論臺灣現代女詩人作品中
  「身體」與「情欲」的想像〉，《女性詩學：臺灣現代女詩人集體研究
  （1951-2000）》，頁206。
[14] 李元貞：〈論臺灣現代女詩人作品中「身體」與「情欲」的想像〉，《女
  性詩學：臺灣現代女詩人集體研究（1951-2000）》，頁206、頁210-211。
[15] 李癸雲：《朦朧、清明與流動——論臺灣現代女性詩作中的女性主體》

灣》則以中國形神論及感官論切入肉身實踐的身體經驗，論述
現代詩人在「肉身是個容器」上的表現差異。[16]

　　60世代以及之前的妊娠書寫，除了前述李元貞所列，其它
尚有陳斐雯（1963-）〈反蹼情種〉、張芳慈（1964-）〈在成
為母親之後〉、吳瑩（1969-）〈土地〉，以及顏艾琳（1968-）
詩集《她方》數首，計有〈夜出子時〉、〈孕事〉、〈漿果小
孩〉、〈陰田〉、〈母性〉、〈他方〉等。相較於前行代，
此時已有集中關注在妊娠議題的趨勢，部分詩作也從「妊娠」
的肉身空間，更延伸至「創作」、「同性生殖」等多元面向
議題。

　　當我們進入「母親」的身分，所涉及的「母愛」、「母
性」，其內容具體包含了「母女之間的認同」，而母親的普遍
意義成為婦女群象的共同體。[17]或是可見「母親」在婚姻及家
庭空間上，常宛如牢籠以及被養兒育女的家務所累，[18]當然，
「勞累與犧牲」的毗鄰就是母性的「承擔與光輝」。[19]

（臺北：萬卷樓，2002年），頁186-187。

[16] 鄭慧如：《身體詩論1970-1999‧臺灣》，頁20-21。

[17] 李元貞以敻虹與筱曉的詩作為例，指出母女之間的認同是來自女人生理
基礎的共同性以及女人習於情感互慰的文化傳統。李元貞：《女性詩
學：臺灣現代女詩人集體研究（1951-2000）》，頁130-134。

[18] 參見陳義芝，《從半裸到全開──臺灣戰後女詩人的性別意識》第四章
談及戰後女詩人的兩性觀中的「女性的牢籠：婚姻與兒女」，頁75-80。

[19] 「承擔母性」的討論，詳見李元貞，《女性詩學：臺灣現代女詩人集體

　　那麼，妊娠詩作相較於書寫母親主題的詩作，有何差異性呢？差異性主要因妊娠而展開各種不同於以往認知的身體感受，包含了味覺、視覺、觸覺以及痛覺，同時還包含了身軀邊界的改變以及我這個身體去中心，或者屬於分裂、雙重狀態。同時，在妊娠書寫，也可以看見母體藉由各項知覺變化，不斷地「重新再認識」自己，去逼近成為「母親」的真實感。

　　「妊娠」是一種「動態歷程變遷」，這當中有「不變」的核心觀念──妊娠、生產，就存有論的體用來說，子宮的「本體」功能之本質就是孕育生命，生育的功能是生理性別的身體功能性差異。而「變遷」的則是妊娠、生產所延伸出來的另一層存有論體用之「效用」，屬於社會文化層次，也就是在「實有層」所加諸女性身為母親的認知，此影響了女性心理層面的審美判斷、道德判斷。蘭西・雀朵洛（Nancy J. Chodorow）在《母職的再生產：心理分析與性別社會學》論及是否成為母親，成為生理的母職（biological mothering）──懷孕、分娩、感覺的生育驅力，常會與焦慮、罪究、妥協等等心理過程的模式，這當然與所有的人際關係、身體經驗、文化範疇、社會過程與感知相關。[20]而在工業化的社會中，母職的挑戰顯然比

研究（1951-2000）》，頁13-18。

[20] 〔美〕蘭西・雀朵洛（Nancy J. Chodorow）著，張君玫譯：《母職的再生產：心理分析與性別社會學》（臺北：群學，2003年），頁xvii。

這之前更顯複雜，因為女人在職場上的工作成就會與育兒的角色相衝突，工作與家庭的空間分隔會促使女人需要在育兒與工作之間做出一些選擇。[21]從華人文化的倫理綱常來說，古典詩選本或者《女誡》、《列女傳》處處可見作為女性進入社會身分後的言行舉止、行住坐臥的行為指導規範，[22]又如柏格（Berger）在《社會學導引──人文取向的透視》所言：「身分」在社會認知中是被賦予的，我們變成別人所說的那個樣子，「身分」和「實際表現」一起合併在這個「期望」中。[23]我們在此文化系統，應相當熟捻「母性的承擔與光輝」，形塑了我們前述所說女性對於「母職」在心理層面的審美判斷與道

---

[21] 〔美〕亞倫‧強森（Allan Johnson）著，成令方、王秀雲、游美惠、邱大昕、吳嘉苓譯：《性別打結：拆除父權違建》（臺北：群學，2008年），頁241。

[22] 如班昭《女誡》的「三從四德」，從父從夫從子以及婦德婦容婦言婦德。劉向編選《列女傳》以「母儀」、「賢明」、「仁智」、「貞順」等為主題安排。筆者亦曾以沈德潛編選《清詩別裁集》為論題，討論過其選錄共六十六人、一百三十三首的「閨閣詩作」之評選標準以及文化用意。「這些女性詩選必須符合禮教，還有在此規範下所展現的「女性的溫柔敦厚」，更嚴格來說，是進入社會婚姻體制後的婦人之言行表現。可是，我們看待這性別的「圈限」，與其說是一種限制，毋寧是一種「期許」以及「圈點」──在保守傳統的觀念下，劃出可與男性詩人共享文學選編的位置」。余欣娟：〈婦人之言何以為教？──以沈德潛《清詩別裁集》論「溫柔敦厚」〉，《華中學術》第11期（2015年6月），頁2。

[23] 〔美〕彼得‧柏格（P. Berger）著，黃樹仁、劉雅靈譯：《社會學導引》（臺北：巨流圖書公司，1982年），頁103-104。

德判斷。

　　本文藉由妊娠所展開的身體知覺書寫，將涉及母體自我認知的鞏固與移轉，並深入其關聯性的意象輻射，連類所有感官經驗與事物項類，將相互交織、相互補充成這對於世界的認知開展。以此顯現女性身體感知乃至書寫的「動態變遷」與「妊娠總體情境」的世代異同。

二、「妊娠」所涉及身體知覺及概念譬喻

　　「妊娠」，從受孕開始到生產，就牽涉了「時間」與「空間」。這當中歷經了九個多月的等待與孕育，而母體也成為「容器」，逐漸擴張、延伸；而生命在其中，從無到有。在妊娠的身體感知過程，母體除了「視覺」看見日漸隆起的肚皮，「觸覺」與「痛覺」更是鮮明的肉身知覺，不論感受到胎兒在內踢踏，或用手摩挲肚皮，由外向內對話，甚至子宮擴張的拉扯、臨盆時撕裂痛楚，這些都不斷地在妊娠當中，改變人對於自我的認知。「知覺現象學」一派，就特別看重「觸覺」、「痛覺」對「自我身體邊界」的影響。龔卓軍延伸了胡塞爾《觀念Ⅱ》的文本脈絡，討論「觸覺和痛覺如何使身體成為我們的身體」。我們可援引一段文字，開啟對「妊娠」知覺的討論：

　　　　視覺只在身體的一部份發生，無法形成身體的整體內外區位化統覺，而痛覺和觸覺卻是「遍布全身」的雙重化自反感受，有了這層屬於身體自身的「本體感受」，

> 「自我」的界域才可能具體產生在身體與外在世界的互
> 動過程中,而「自我」界域的形成,也是因為身體觸痛
> 覺使得身體在感受到作為世間「物質」一員的同時,也
> 有了超越物質層面的「身體自我反身感」。[24]

　　從上述可知,自我界域,其實是透過身體與外在世界的
互動過程中,而建立起來。我們可以想見,當肚中的胎兒,不
斷以「迴游」之姿,拓展「疆域」,母體肚臍隆起、胃部受
壓迫,外在軀體逐漸改變,以及腹中胎兒敲打回應;這些「知
覺」都迫使自我打破原本的身體疆域認知,以及消解掉「我」
的鞏固性。因此在妊娠中,「我」不再是一個人,「我」存在
著「他者」,甚至「我」可感覺到孕育男孩時的「陰陽同體」
感。是故,母體藉由妊娠,不斷地「重新再認識」自己,這不
僅是心理層面,還有那「日漸敞開」的身軀,提醒著「我」是
女性,「我」是個母親,「我」孕育出新生命。
　　張芳慈〈在成為母親之後〉便側重在「觸覺」、「聽覺」
的描摹,去逼近成為「母親」的真實感。

---

[24] 龔卓君:《身體部署》(臺北:心靈工坊,2006年),頁45。

甘心地忍受著

嚴重的害喜

滿足地負荷著

漸漸增加的重量

啊　當妳親暱地踢著

我是多麼歡欣　擁有

這份血肉相連的感覺

日日盼著

為妳　貪心地

祈求一切的庇佑

而不在乎自己　直到

清醒地聽見　妳的聲音

才發現　臉上全是淚水

挨著傷口的疼痛

推著輪椅　在深夜

餵奶　看著妳熟睡的模樣

這是第一次　佩服自己

在成為母親後

> 我知道　孕育妳
>
> 將使一生　更加完整
>
> ——節錄〈在成為母親之後〉

　　此詩「成為母親」是從妊娠時期的「害喜」開始，接著
「負荷」、「漸漸增加的重量」、肚中胎兒「親暱地踢著」、
「血肉相連的感覺」、「清醒地聽見　妳的聲音」、「挨著
傷口的疼痛」、「餵奶　看著妳熟睡的模樣」，一連串從妊娠
到生產的連續過程，方才「成為」母親。因此「成為母親」並
不是那一剎那間的變化，而是建立於身心知覺的認知，如同詩
中大量地使用「觸覺」、「聽覺」，強化母體的自我反身感。
「血肉相連」大概是最赤裸裸地呈現肉身觸覺，在妊娠中，
母子之間端賴「觸覺」，獲得定位、確認，因此詩人說「啊
　當妳親暱地踢著／我是多麼歡欣　擁有／這份血肉相連的感
覺」，當孩子在肚中「踢著」，觸碰著肉身的內壁，原本無人
觸及之處，知覺拓展了內外之分，也連帶啟動了「血肉相連」
的真實感，於是乎「擁有」成為一種直覺而自發性的感受。如
同顏艾琳也非常親暱地稱呼腹中胎兒為「內裡的」，她說：
「一個女人／懷孕著混沌的人間，／她對這內裡的、小小的、
無盡藏的來世／又愛又憐。」（〈孕事〉）[25]

----

[25] 顏艾琳：〈孕事〉，《她方》（臺北：聯經，2004年），頁101。

　　而從「母性」成「母職」的認知轉換，最為強勁的轉變，莫過於來自「分娩」的力道。試看洪淑苓〈河岸──分娩即事〉：

　　　　　　　丈夫在遠遠的岸隔著

　　　　　雨冷般的玻璃帷幕隔著

　　　　彷彿無聲而痛的殿堂

　　　　只允許

　　　　　　本是嬰，求索柔軟懷抱

　　　　　　　朝拜母親的我來，而腹肚底

　　　　　　也有嬰，我是

　　　　有娠的魚母而今

　　　　海潮中

　　　　且緩緩張開鰭翅

　　　　嬰要泅泳而出

　　　　旋轉，撕扭，推擠

　　　　一枚鮭魚的嬰

　　　　要穿越母親的河岸……

　　　　　　　　　　　　──節錄〈河岸──分娩即事〉

　　　　你在我的宮殿九月有餘

　　　　而今必須出走　衝過

　　陰暗狹窄的隧道──

　　　我甘心釋放你

　　拋棄鎖你繫你的繩索

　　甘心撕裂自己

　　讓血奔流　印染一層層

　　康乃馨鋸齒般的圖騰

　　領你出走

──節錄〈康乃馨為憑──給剛兒〉

　　洪淑苓這首詩很有意思地，在妊娠中，安排了「鮭魚迴游產卵」的意象，將我「本是嬰　朝拜母親而來」，以及「腹肚底也有嬰」，做了「並置」處理，此處「海潮」可說是羊水的意象。當有娠的魚母「緩緩張開鰭翅／嬰要泅泳而出／旋轉，撕扭，推擠／一枚鮭魚的嬰／要穿越母親的河岸……」，分娩開始，但詩中卻沒有「聽覺」、不著嘶喊，我們見到詩中所使用的動詞，「旋轉，撕扭，推擠」，除了是想像的「視覺」所及，對於母體而言，那是在腹內真實的身體感觸感、痛感。母體感覺到嬰兒正在與自己的身體做大脫離，子宮的收縮力也推擠著嬰兒，嬰兒也同步旋轉身軀，此時也帶動撕扭著產道口。

　　承續詩的前段，「海潮──是月娘／用她的刀割裂夜空／把屬於父的領土斬去」，「丈夫在遠遠的岸隔著／雨冷般的

玻璃帷幕隔著／彷彿無聲而痛的殿堂」。妊娠是獨特的肉身
經驗，即便配偶，在這階段也只能是位「無關者」，在遠遠的
「彼岸」隔著，而「此岸」正是「無聲而痛的殿堂」。「殿
堂」將其神聖性突顯出來了，洪淑苓另一首〈康乃馨為憑——
給剛兒〉亦是以「宮殿」譬喻孕育胎兒的母體。而此時，「無
聲而痛」則仿若默劇般的視覺，在他人眼中，隔著玻璃幃幕的
視覺，就若靜音畫面，亦缺少了聲音傳導的感染力。即使視覺
上看起來是疼痛，他人卻無法被如實感受到。此時，「河的兩
岸」有著雙層隱喻；這是夫與妻在分娩之際，無法相及、無力
相助的隔閡，也正是嬰孩衝過母親產道河岸，撕裂會陰兩股。

　　雷可夫（George Lakoff）和詹森（Mark Jojnson）在《我們
賴以維生的譬喻》一書，討論空間方位具有「上下」、「前
後」、「開關」、「中心／邊緣」的性質。當我們藉由肉身經
驗身外世界，會依據人類本能設邊線來界定活動範圍。是故，
當語言涉及「空間」概念時，容器譬喻常見清楚的邊界「地
盤」、界定範圍的「視野」，以及在容器物件中，內含「事件
／行動／活動／情況」。[26]若我們從譬喻概念看待妊娠過程，
這其實具有強烈的「時間性」與「空間性」。具體而言，孕期
九至十個月是時間的進程，而子宮就是容納胎兒的孕育之所。

---

[26] 雷可夫（George Lakoff）、詹森（Mark Jojnson）著，周世箴譯注：《我
　　們賴以生存的譬喻》（臺北：聯經，2006年），頁53-56。

　　阿翁〈給當當書〉，就以一月到十月的妊娠期，每節標示「一月」、「二月」乃至「十月」，作為書寫的時序。

　　母體的體腔與子宮，即為明顯的空間，在文學的想像空間中，具有地盤性，有物色，以及在此妊娠事件的發生，宛若另一世界。不僅嬰兒在此孕育，還由此「出」，具備了「進／出」的空間移動。例如顏艾琳〈夜出子時〉「那謎一樣的孩子／準備出世」，「他探出頭來，／溫柔地叫了一聲；／哇～」；又或者洪淑苓〈康乃馨為憑──給剛兒〉「你在我的宮殿九月有餘／而今必須出走　衝過／陰暗狹窄的隧道」。

　　我們先以顏艾琳〈母性〉為例，進入子宮的空間築造。顏艾琳此詩十分溫暖而開闊，宛若在神秘且虔敬的氛圍之中，因為「母體創生」近乎觸碰人與天地之間的奧秘，帶著類感式的結構。

> 我深深地看著星空，不久
>
> 我的眼睛變透明了，
>
> 空洞的眼窩裡
>
> 其實溢滿了宇宙的聲音。
>
> 「只要你願意」宇宙說
>
> 「左邊給你太陽
>
> 右邊給你月亮。」

> 星空把我看得那麼地深邃
>
> ……我不禁想
>
> 奧義會不會再度
>
> 出現於我的體內？
>
> ──〈母性〉

　　什麼是「類感式」的結構？依據鄭毓瑜的說法，這是指「天──人」、「時──事（物）」、「物──我」之間的相互聯繫；更清楚來說，意指從春秋兩漢以來，物類依其外在、內質形似，而產生的相互感動。如人看待天地四時創生，見微知著，替一切人事現象找到自然合理的比擬。[27]職是之故，人也依據「同類相感」，得到根源性的解釋與寬慰。當同類相感時，產生一種「我」與「你」的交融。如同梅洛龐蒂（Maurice Merleau-Ponty）在《眼與心》中所言，創作者與可見事物之間，常有角色互換觀看。

　　相同的事物既處於彼方世界核心之中，又處於此方視覺核心之中，它們相同，或有人更堅持說是相似的事物，

---

[27] 鄭毓瑜：〈〈詩大序〉的詮釋界域〉，《文本風景：自我與空間的相互定義》（臺北：麥田，2005年），頁270-272。

但卻依順著一種效應上的相似（similitude efficace），這種相似性是存有者在其視覺中的相似物、發生物與形變。
……
……

馬爾相（André Marchand）說：「在一片森林裡，有好幾次我覺得注視森林的不是我。有好幾天，我覺得樹群在注視著我，在對我說話……而我，我在那兒傾聽著……我認為，畫家應該被宇宙所穿透，而不要指望穿透宇宙……我靜靜等著由內部被浸透、埋藏。也許，我畫畫就是為了突然湧現（surgir）。」[28]

顏艾琳〈母性〉一開頭說道：「我深深地看著星空」；「深深看著」，這就近乎存有層次地，將自身投入、契入搜尋宇宙之奧秘。而宇宙則以一種難以言喻，感召式的結構，予以回應。於是，「我的眼睛變透明了／空洞的眼窩裡／其實溢滿了宇宙的聲音」。藉由冥契，我聽到了答案：「『只要你願意』宇宙說／左邊給你太陽／右邊給你月亮」；對照詩題〈母性〉，以及最後一段「星空把我看得那麼地深邃／……我不禁想／奧義會不會再度／出現於我的體內？」我們幾乎可以推

---

[28] 梅洛龐蒂（Maurice Merleau-Ponty）著，龔卓軍譯：《眼與心》（臺北：典藏藝術家，2007年），頁87-90。

斷，這「奧義」指的就是「創生」。換言之，藉由類感結構，將「宇宙創生」類比為「母體創生」；於是乎，體內也是個小宇宙，有太陽、有月亮，有陰陽相合，而具有創生的能力，能繁衍孕育下一代。也因此，從原本「我深深看著星空」，反轉為「星空把我看得那麼深邃」，這就達到人天、物我的相互感動。

從顏艾琳〈母性〉，我們可以發現妊娠具有「子宮是宇宙」的概念譬喻，這個想像的空間築造仿造了現實的天地；它的「地盤界線」是「寬廣無垠」，而此空間的開啟，起始於妊娠，終止於分娩事件。在其他女詩人的詩作中，幾乎都具有這樣的譬喻概念。例如洪淑苓〈康乃馨為憑〉描述分娩，「你的小馬車啟動了／車聲轆轆／此去千里」，「路那頭有光的地方／是你的王國」，所使用的譬喻包含了「人生是一場旅程」以及「子宮是宇宙」的概念；胎兒乘著交通工具「小馬車」，此去離開母體，展開了自己的生命之旅。因此，從子宮這有界的實體空間，所映射的是「母親的宮殿／王國」，宮殿、王國的地盤界線，是寬廣的，所以會說由此路去，視野有千里之遠。路（產道），連繫兩端，一端是子宮，屬母親的王國；另一端是人世間，屬你的王國，大展長才之所。實際上，胎兒經產道降臨世間，不過短短十公分左右的距離，但卻說「此去千里」；這是因為馬車啟動譬喻了分娩事件的變化移動，而出去

這有界的空間後，再也無法回歸，終究母子將越離越遠。

顏艾琳〈孕事〉，「一個女人／懷孕著混沌的人間／她對這內裡的、／小小的、無盡藏的來世／又愛又憐」。「混沌的人間」、「內裡的」、「無盡藏的來世」都喻指胎兒，認知概念是以部分替代全體，「胎兒（人）替代人間（眾生所在之處）」，以及「胎兒等於未形成的人」映射「混沌人間」。胎兒正生存在母體空間之內，尚在形成，宛如天地未成形的混沌；此外，又取佛家「無盡藏」、「來世」，傳達無窮無盡轉生之意。因此，子宮正孕育「混沌人間」，包含了「子宮是宇宙」的無限寬敞，以及充滿創生的概念譬喻；同時，又藉由無盡藏來世，帶入了層層疊疊的時間性。

再看顏艾琳〈漿果小孩〉：

> 你是上天播下的種籽，
> 在我的秋天之後成熟。
> 你以一枚漿果的樣子微笑
> 幸福就具體地變成一件事，
> 並且滿溢，在空氣中
> 我感覺你像漿果香甜，
> 忍不住，抱你親了又親。

你的臉龐是漿果、

是幸福的味道、

是某一種未命名的季節

而我，就這樣

收穫了你，

成為你的土地，

——你的母親。

——〈漿果小孩〉

顏艾琳這一系列寫孕事的詩作，如前述〈母性〉、〈孕事〉以及〈漿果小孩〉，其譬喻認知層面，都屬「子宮是宇宙」，具有天地概念，這首〈漿果小孩〉更甚明顯。詩中稱小孩是上天播下的種籽，這裡「上天」不據指男性，因為在顏艾琳的寫作習慣中，大都有意識地除去或調侃父權系統的男位在上以及陽剛符號；如顏艾琳另一首〈陰田〉，「女人是水／懷孕是田／孩子是鹽／美麗的月光是男人」。我們或許可以回到「孩子是上天賜與的禮物」的「自然天」文化認知，來理解此句。在「我的秋天」之後成熟，「我」遂以大地之姿孕育種籽。這裡隱藏了從「春」到「秋」的孕育時間，春生秋收，正好也是懷胎九月。「你以一枚漿果的樣子微笑」、「你的臉龐是漿果」、「是幸福的味道」、「某一種未命名的季節」隱含部分

替代全體,從「漿果味道」、「臉部微笑」、「未命名的季節」替代「嬰兒」。特別的是,「未命名的季節」,展示了大地「從所未見」的一番景致風貌,也寓意著,這同樣是我這母體所未曾經歷過的生命經驗。而「我」亦是由收穫漿果(生育孩子之用),確認了我身為母親、宛如富饒生機的土地(體)。

　　吳瑩〈土地〉[29]嚴格來說,並不屬於妊娠詩,但使用了妊娠的概念,來傳述女人週而復始的「經期」,形成一種「嘆息」。詩中,「每個女人在她的子宮裏重新誕生/每一個女人/睡著柔軟的小孩,清香/草葉與花朵,每一棵/彎腰的穀類/哭泣著/不斷蔓延的十字架/長大/腐朽」,「悲傷、悲傷/喜悅與飽滿/每一座岩石與海浪/耳語或呼喊,每一片風/每一群四季/子宮的子宮」。從詩題與句子清晰可見,吳瑩使用了「子宮是宇宙」的概念譬喻,子宮內宛如天地,有草葉花朵、穀類、四季、風、岩石海浪,也具有孕育生機的能力。每個女人重新在子宮內誕生,以及「子宮的子宮」,都寓意了每個新週期的重製、凋零,不斷長大而腐朽,猶如十字架的原罪。

---

[29] 吳瑩:〈土地〉,《單人馬戲團》(花蓮:花蓮縣立文化中心,1994年),頁30-31。

三、一種銘記與文化框限

　　洪淑苓另一首〈康乃馨為憑〉以直白敘述，明述「我甘心釋放你／拋棄鎖你繫你的繩索／甘心撕裂自己」，可呼應前述我們論及的〈河岸〉一詩。當嬰孩產出後，獨立為個體，接著，詩中的母親進行一連串動作，「釋放你」、「拋棄繩索」、「撕裂自己」、「讓血奔流」，以「血」印成康乃馨的鋸齒圖騰。「康乃馨」固然象徵母親，但更可以注意的是，那「鋸齒圖騰」的血紅印記，乃出自被撕裂的母體傷口，宛若堅忍、茹苦的神聖花瓣綻放。而以此印記「領你出去」，他日再以此為憑相認，當是念記這妊娠分娩之辛勞，莫莫忘懷。

　　張芳慈〈在成為母親之後〉與洪淑苓〈河岸〉、〈康乃馨為憑〉三首，都經過妊娠時的身體內外的動態觸覺、相互回應，乃至分娩時撕裂肉體的痛覺，這些都促使「我」這個主體感覺到，體內正孕育一個活潑潑的生命，而此時血肉相連；等到分娩產出時，經歷肉體的大分離；也就是洪淑苓詩中，「釋放」那個原本與我血肉相連，而從此獨立相去千里的孩子。

　　上述三首詩，其實更深刻之處，不僅在於妊娠分娩的辛苦，而是產出後，從肉體的崩解分離，意識到實為緊緊相繫，而確然分離釋放之錯綜肉體感受；如此，方成為母親、轉為母職，這也回應了張芳慈詩中，最後「我知道　孕育妳／將使一生　更加完整」。那個，「一生」的完足感，來自於「我」生命體驗的豐富度。

　　我們再將上述見解，對照前行代陳秀喜所寫的〈初產〉。陳秀喜此詩非常直接地，從分娩的身體「痛覺」，連結到「自我身分」認知的「移轉」。詩末，經歷分娩痛覺後，方才寫道「初產的母親心內喚著　媽！」，遂意識到自己已轉變成母親，而「同情共感」地瞭解上一代母親的辛勞以及對「婚姻」的叮嚀。

　　　　如爆發前的火山

　　　　子宮硬要擠出灼熱的溶岩石

　　　　陣痛誰能替代？

　　　　兩條生命只靠女人的天性

　　　　醫生和助產士不過是

　　　　振作精神的啦啦隊

　　　　心欲不如一死

　　　　她忽然憶起　媽曾說過：

「結婚就是忍耐的代名詞」

如爆發前的火山
子宮硬要擠出溶岩石
痛苦的極點她必須和子宮合作
忍耐疼痛
忍耐灼熱
忍耐最長的一刻
火山終於爆發
到疲困已極她才體會
「結婚就是忍耐的代名詞」

初產的母親心內喚著　媽！
感恩的淚珠從眼睫流下
她以淚珠迎晨曦

——〈初產〉

　　〈初產〉這首詩其實很「特例」，因為「灼熱的溶岩石」
是「嬰孩的隱喻」；可是，嚴格說來，並不是實指「有生命
的嬰孩」，而是綜合生產時的「觸覺」與「痛覺」之「綜合
知覺」的「替代物」。為什麼說這是特例呢？因為綜觀女詩人

對胎兒、嬰兒的描述，依前述所引，多半是代名詞、泛指性名詞：「你」、「妳」、「小孩」；或以「味覺」喻之，如顏艾琳的「漿果小孩」。[30]「灼熱」、「溶岩石」皆是火燒般的觸覺，而岩石乃取其「質地」，表示肉身遭嬰孩猛力衝撞時，引發軀體「硬生生」遭撕裂的痛感。

遭遇「分娩之痛」時，詩人卻無意實寫過程，反倒步步「意在言外」，指向「婚姻」。這樣的連結非常具有文化性。「妊娠」的文化語境，不僅僅在懷孕生產本身，還包含了父權社會結構中的名教倫常、期望、束縛等等。詩人對「分娩之痛」採取「忍耐」的方式，而非紓解；更由「結婚就是忍耐的代名詞」，連結「婚姻」——能忍受生產的痛，就能忍受過婚姻。因此分娩，不僅僅是為人母的喜悅而已，而彷彿是通過一種「試煉」。全詩「五個忍耐」，尤其在分娩一刻，痛苦之極，連續三個「忍耐」，壓制住肉身之痛感，經由這佈滿全身性的痛覺，獲得明白，唯有「忍耐」，才能喜迎收穫、晨曦的到來。這身教體悟——「忍耐」，一語雙關，是妊娠的實際感受，也預設了婚姻路上隱埋種種考驗，自己將以「忍耐」，熬過這遙遙艱辛。

---

[30] 顏艾琳：〈漿果小孩〉「你以一枚漿果的樣子微笑」、「你的臉龐是漿果、是幸福的味道」。顏艾琳：〈漿果小孩〉，《地方》，頁103。

四、妊娠概念的映射與延伸

　　女詩人借用妊娠經驗，書寫的不僅是母體生產本身，還映射到「創作」以及延伸至「無性生殖」等討論。以肉身的生產經驗為譬喻基礎，將此概念對應映射到「創作」上，可形成「母親」映射至「創作者」；「嬰兒」映射至「作品」；「妊娠時間」映射到「作品的構思時間」；「分娩」映射至「作品的產出」的譬喻結構。如前文所述，「肉身生產」與「創作誕生」在東方文化語境中，常面臨「母職」與「自我實現」的衝突。然而，這相互排斥的觀念，就現代而言，卻成了可供語言反轉的策略處。李元貞在《女性詩學》引蘇珊・格巴（Susan Gubar）及福瑞得曼（Susan Stanford Friedman）的觀點，點出西方男女作家在使用「肉身生產」譬喻時的矛盾：

> 蘇珊・格巴（Susan Gubar）曾經在她的名文〈空白之頁與女性創造力問題〉裡，認為在既存的父權文化系統裡，筆＝陽具，在紙＝女性軀體上書寫（創造）的觀念，導致西方女性提筆寫作時的焦慮。

　　福瑞得曼（Susan Stanford Friedman）亦認為雖然母體的
生產功能，常被比喻成文章的醞釀，但西方男作家常常
區分男女生產功能（創造力）的不同，男性生產的是
書本，女人生產嬰兒。因此西方男作家使用母體生產
（child birth）這個隱喻時，強調它的性別差異，女作家
增強它的同一性及共謀，雖然不同時代的女作家都體驗
過創作與生產在女性身上互相排斥的觀念。[31]

　　從江文瑜〈一首情詩的誕生〉以及張芳慈〈詩〉最可顯現
女詩人在語言上的策略操作，增強生產與創作的同一性。江文
瑜詩集《男人的乳頭》總帶著「實踐」、「衝鋒」的辛辣性，
以男性作為戰鬥對象，其目的性顯明地，欲反轉女性長久被觀
看的模式。[32]詩集中，〈一首情詩的誕生〉以妊娠為主題，合
併性愛與創作交歡。「我缺乏生殖器官的半年／忽男忽女地打

---

[31] 李元貞：〈論臺灣現代女詩人作品中「身體」與「情慾」的想像〉，
《女性詩學：臺灣現代女詩人集體研究（1951-2000）》，頁210。

[32] 李元貞認為江文瑜在《男人的乳頭》詩集中，「反轉男人觀看（male
gaze）為女生觀（female gaze），戲玩愛戀著男人的身體，並經常以中文
字詞諧音岐義的方式，達到男女性愛書寫的嘲諷與幽默」。李元貞：
〈論臺灣現代女詩人作品中「身體」與「情慾」的想像〉，《女性詩
學：臺灣現代女詩人集體研究（1951-2000）》，頁211。

扮自己／像個女人妖嬌／爬到你的下腹照鏡／看到自戀的倒影
在符號的波光裡／或像個男人掀開你盛開的陰蒂／筆直地進入
流動的詩／濕水的拱門裡／我貪婪地找尋道口的指引／只有同
路人獲得出入證明；／『詩／濕／進來吧！』」。上述可明顯
看出，此詩並非描述母體懷孕生產的妊娠詩，而是詩人身處婦
運的「實踐場域」，採取強烈的戰鬥性語言；也因此，這首詩
並沒有進入前文所揭「子宮是宇宙」的譬喻系統，也無實際妊
娠時的相關知覺。

　　那麼，〈一首情詩的誕生〉關心什麼呢？實際上，這首詩
是以「性愛的歡愉」映射「創作的自我交歡」，不過，詩中交
歡的對象，並非男人，反倒時而是「詩」，時而是詩尚未成胎
前的「靈感」。這透露出，創作是個體的事，也帶出了女性創
作是獨立的，同時女性可藉由書寫達到自我生殖的歡愉。

　　　　兩個月來你不停吐出和我激烈做愛的

　　　　那胃酸翻攪過的殘渣碎葉

　　　　原是上面寫滿迷戀你名字的縮寫

　　　　和曾經無數次交歡過後

　　　　腐爛在廢頁裡我們共同結晶的詩／詩屑

　　　　……

　　　　……

我收拾散落一地的靈感頭皮

臉色發黑地闔起眼神閃過的主題

只聽到我的女主人哀號的

痛苦哭泣

門口射進一道光芒

『啊！滲在血水中的／寫著滿滿你的名字縮寫和愛情符

號受精的紅色軀體』

──節錄〈一首情詩的誕生〉

　　在江文瑜〈一首情詩的誕生〉中，雖然充斥著創作的艱辛與亢奮，最後仍宣告創作死產，整首情詩徒然是一塊充滿愛情血肉的符號，以及強擬為主題的造情。對照前面所討論的妊娠詩，以及江文瑜的詩作，我們可帶出基本的討論是，當女詩人轉以戰鬥姿態，進行實踐場上的書寫爭盤時，原本母性／母職幾乎是消聲地；換言之，在這類極富姿態與語言策略的詩作中，並沒有正視或真正貼近身為女性妊娠之感受，而是利用這女性具有這生產容器（子宮）的優勢，以自我解嘲、諷刺的狀態，奪回創作之於生產譬喻的主導權。

　　同樣可見張芳慈〈詩〉，「調著月色鉤勒我的曲線／亮面是雌性的膚質／暗面是雄性骨架／一隻耽迷於自我交媾的生

物／原生的體液　沈澱結晶」，這首詩也以「自我交媾」、
「妊娠」傳達出女性創作的獨立、個體。江文瑜〈一首情詩的
誕生〉以胎兒前半年缺乏性徵，譬喻詩的靈感創作，如雌雄同
體，恣意轉換地，挑逗詩人，創作中自我歡愉；而無獨有偶，
張芳慈〈詩〉也強調了雌雄同體、自我交媾的滿足感。

　　陳斐雯〈反墮情種〉[33]也可與上述兩首詩併看。這首詩從
「生殖懷孕」，延伸至「無性生殖」、「女同性戀」議題。前
述江文瑜、張芳慈二詩意圖強調女性創作時個體、獨立性，以
及自體雙性的創作歡愉感。詩中，使用了「懷孕」是「愛情
的結晶」的譬喻，這也是我們認知思維中的常見概念，例如
江文瑜詩「腐爛在廢頁裡我們共同結晶的詩／詩屑」，張芳慈
詩「一隻耽迷於自我交媾的生物／原生的體液　沈澱結晶」。
然而，陳斐雯〈反墮情種〉卻從女同視角，虛擬妊娠症狀的持
續，「愛情終於受孕／暈眩　嘔吐　疼／但我們並不準備生
／為了無性繁殖希望／懷胎終生是必要的」。「暈眩　嘔吐
疼」，是懷孕害喜的症狀，證明腹中擁有彼此愛情結晶；但由
於無性生殖尚未成功，所以要一直持續「暈眩　嘔吐　疼」，
表示「正在懷孕中」。即便分開，「／也絕不墮胎／萬一／重
相逢／仍可傾聽彼此子宮中／珍重的老歌兀自再唱／以尖細的

---

[33] 陳斐雯：〈反墮情種〉，收錄於李元貞編《紅得發紫：臺灣現代女性詩
選》（臺北：女書文化，2000年），頁548-549。

童音／間隙無邪」。從「無性生殖」，又還原至如「童女」般；此處，「子宮中」珍重的老歌，以子宮作為姊妹情誼的私密空間，以身軀相互歌唱的姊妹情誼，而無染（異性介入）。

五、結語

　　妊娠書寫在詩創作中，並不多見；這有可能關係到創作者的寫作意願，更實際來說，詩集出版集結時，女詩人是否已有生育的肉身經驗，也影響了妊娠詩的質量。尤其不少女詩人首次出版詩集時，方才二十多歲，如丘緩、吳瑩、顏艾琳等；而之後也只有顏艾琳持續有詩集產出。從為數不算眾多的十多首的妊娠詩中，可發現以「肉身經驗」為基礎，所開展的語言譬喻，與「觸覺」與「痛覺」的知覺變化，密切相關。身體疆域界線：內外、上下；擴張、撕裂、崩解；進而影響母體自我認知的鞏固與移轉。女詩人們普遍使用了「子宮是宇宙」的概念譬喻，展示了如天地般開闊的視野、大地生機的豐饒。

　　換言之，「母親」一職，並不是那一剎那間的變化，而是不斷地經過「觸覺」、「聽覺」，強化母體的自我反身感。女詩人們在書寫妊娠時幾乎都是透過一連串的觸覺、聽覺、痛覺，方才烙下「成為母親」。

　　當女詩人將「妊娠」概念的映射到「創作」與延伸至「無性生殖」的討論，是極富姿態與語言策略地，利用女性天生擁

有這生產容器（子宮）的優勢，以自我解嘲、諷刺的狀態，奪回「生產—創作」譬喻的主導權。

此外，我們也見到前行代陳秀喜與60世代女詩人的書寫差異；陳秀喜的妊娠詩強調肉身之忍耐，非常具有文化語境地，將分娩之痛與婚姻之苦作並置，能忍受生產的痛，就能捱過婚姻的艱辛。但60世代女詩人的妊娠書寫，則主要放在「我」成為母親的認知轉變。尤其顏艾琳〈母性〉則是精彩、溫暖地，觸碰人與天地的類感、相互觀看。對照顏艾琳《抽象的地圖》、《骨皮肉》時期或者《她方》其他詩作，可明顯感受到顏艾琳意識自己身為母親時，其說話語調、觀看世界的角度，乃至自我認知，都有了深厚的柔軟與寬敞。而透過女詩人的妊娠書寫，我們不再流浪於外，也彷若回歸到子宮內的風花樹草。

第八章
CHAPTER 8

結論

所有的詮釋都是回到自身。

世界因我的感知而向我展開；
而我也願意與這世界深深地相互觀看。

人文學的知識是有「人」在其中，縱然所處外在環境相同，但進到這個環境的主觀情境不同，就會產生若干差異，而這關係到主體觀看角度的模式。因此，當我們在詮釋文本時，不僅僅解釋文字的表層義，還需要穿透語言層，進入到人的主觀感知，做情境回歸。這世界如何被解讀、再現，都仰賴著「心感外物」的「感知」作用；換言之，我們把現實經驗藉由符號化、表層化，以語言文字表達出來成為「形式」。是故，這本書試圖從語言層的文本，進入到創作者心理層的感知情境，建構出創作者的觀看模式，如何捕捉周遭物象，在變換不定的世界，賦予自身與空間意義。

我們綜觀洛夫《唐詩解構》可知，洛夫試圖以現代語言去捕捉古典詩中的神韻美，所謂神韻在洛夫的語意脈絡中，是一種主體審美的綜合內在感知。不論，洛夫採取擴寫、改寫或反義以補綴、增添情境，或加以情節過程、來勾顯人物情緒；當洛夫重新再現原作時，往往將自身「漂泊」、「流離」的形式意象，重疊到古詩新作上，形成「註解自己」的現象。因此，當《唐詩解構》涉及「離鄉」、「返家」、「思親」、「懷鄉」等主題時，洛夫採取補述情境，特別調度空間部署，增強戲劇性與時間性，更加清楚逼顯「孤絕感」。洛夫詩的空間感不僅僅由視覺、聽覺所構成，亦交疊現實的實景與記憶的虛景。而當「孤絕」的觀看模式形成後，洛夫在詮解唐詩時，

也產生若干意義質變。他質疑原作中的「自適興味」與「安適自足」，特別對於「神聖」、「規範」、「恆常」等命題，尤其採取反義詮釋。相對於精神層次的昇華，洛夫更取決於血肉感官的真實感受。而這樣的心理層的觀看模式，正可透析出洛夫所感知的世界──如同《石室之死亡》中那株「切斷的苦梨」，這形成他個人生命史式，既個人又群體的當代詮釋。

　　同樣面對1949年的臺灣環境，周夢蝶就與洛夫有著不一樣的觀看，他並沒有採取孤絕的觀看視域，他幾乎偏離思鄉而沉浸於有情世界中。他的生命觀看是宏觀地，藉由對人生「無常」、「無端」，作一總體性的人生「回顧」、「理解」與「評價」。而1949年的生命經歷，雖不在詩的內容顯題，但卻也總括在其中，成為人生歷程的一部分。在本文的研究發現，周夢蝶常以「走」作為人生隱喻，而不停地在走而無法安置下來，在形式上隱隱約約地扣合了1949年的離散語境。周夢蝶怎麼樣觀看這樣的人生呢？他以佛教教義為這旅途上預設了一個得到報償、收穫的正向終點，也因此他佈設了許多苦厄意象，作為試煉；在這個情境空間中，常顯現「趺坐」姿態，安處於「高峰」，藉由外境的風雨、雷電、獸不斷逼身，對比「趺坐」者的內心清寂，並期待自己終將開悟解脫。

　　相對於洛夫與周夢蝶的離鄉，鮮少描寫家園，楊牧的空間移動則出於自願。楊牧觀看這世界時，他的時間意識是連續性

的，「過去」與「現在」和「未來」是相續不斷的動態過程。
這樣的觀看模式存有強烈的歷史意識，帶著「繼往開來」的認
知。楊牧的山水書寫承續了傳統物我互為主體的觀看模式，同
時也添加了家園式的私密性、親密性，形成「窩居」的空間認
知，以此隔絕外在現實以及保護內在的夢想。因此，楊牧的
山水詩中的動植物，不全然是文學象徵，這些物色來自往昔
記憶，彷若飽滿的生命圖像，形成了一種「永恆不變」的理想
型、神聖性空間，而「過去──現在──未來」的歷史意識，
也往復校正、督促現實空間中的楊牧前行。

　　不同於前述詩人，梁秉鈞的空間書寫則帶有特殊的經濟活
動與歷史脈絡，他在殖民與高度資本化的環境下，叩問香港的
本土性在哪？甚麼是香港？梁秉鈞早在1978年出版《雷聲與蟬
鳴》時，就開始書寫香港的現代化，面對上述的歷史語境，他
撇開高樓俯瞰的視角，走入巷內，以漫遊者姿態觀看那些不顯
眼的街道、堆疊的時髦物件、日常瑣碎的人事言行，以此來組
成香港印象。他的步行觀看，就是他現實空間的生活軌跡，這
是一種「家」的街道漫遊。或許梁秉鈞並無意塑造香港的特殊
性或巍峨絢爛，整體詩文中的香港市街並不「廣闊」，常被遮
蔽在「高樓」底下，充滿「陰鬱」。這「陰鬱」的空間色彩也
隱喻了現代化城市不再如過去光亮美好。梁秉鈞詩隱含了「惜
逝過去」，不過這並非懷念「殖民」統治狀態，而是這一些殖

民建物也進入了他的家園生活，成為記憶的，而這正是「地方感」既複雜卻又真實之處。梁秉鈞的家園書寫，避開了具有殖民象徵的地景、象徵經濟繁榮的高樓，但卻也不摧毀、批判地景，而是讓維多利亞港、皇后碼頭、天星碼頭鐘樓都回到日常生活的功用中，成為居民的地方經驗。

　　空間書寫，除了現實經驗中的地方，還有因為受到種種煩惱困難，為了減少壓力，而逃避他方的空間移動。此時虛構而成的樂園想像，往往形成某種理想與寄託，例如文學書寫中常見的烏托邦、天堂都在此類。在虛構想像的世界當中，可以任由編排空間秩序，重建屬於自己的地方感，以獲得安慰。鯨向海的書寫，就以「夢」作為想像樂園。他為了棄絕不幸的現實空間，常潛逃至虛構的書寫，再重新安排一個理想的、成功的述說版本。在鯨向海的詩作語境脈絡裏，觀看的模式常架構在一個「日常生活」，以「平淡無奇」為起首的「今天」或「今夜」，再經歷一次「被遺棄」、「沒被選中」。詩作中總呈現「就算如何……也無法」，「以為如何……沒想到」，「以為如何……豈料」，「原希望……最後卻」，「明明是……卻」的形式。而「今日」並不是一種特殊性，而是長久以來平淡重複的「又一次」，也因此「今日」更顯生活之難堪。如此重複性且持續性的觀看情緒，又往往在詩中形成一種與社會價值不相容的「犯禁」姿態。

面對上述現實中屢屢失敗的不幸，鯨向海直接進入夢的世界，再重新安排，再說一個「成功」的故事。在「夢／樂園」中，所有意象轉而明亮、開朗、活潑，特別安置更多的「身體知覺的接觸」，消解在現實中被遺棄的孤獨感。

在這本書最後一章處理的是肉身空間，以女詩人的妊娠書寫，做為討論對象。「知覺現象學」一派，特別看重「觸覺」、「痛覺」對「自我身體邊界」的影響，觸覺與痛覺使身體成為我們的身體。妊娠以「肉身經驗」為基礎，有著「觸覺」與「痛覺」的知覺變化，身體疆域界線也因此明顯有內外、上下之別、以及擴張、撕裂、崩解的感受。成為「母親」，並不是那一剎那間的變化，而是在孕期及分娩過程透過「觸覺」、「聽覺」、「視覺」、「痛覺」的自我反身感，才「成為母親」。這些肉身知覺都不斷地在妊娠當中，改變人對於自我的認知。

女詩人看待子宮這個肉身空間時，不再侷限於形體範疇，她們常使用的概念譬喻是「子宮是宇宙」。這宇宙包含了天地，它的「地盤界線」乃「寬廣無垠」。這個想像的文學空間起始於妊娠，終止於分娩事件；同時「母體、子宮」具有地盤性，有物色，以及妊娠事件在此發生。它宛若一個遺世獨立的想像世界。在子宮的空間書寫中，不僅嬰兒於此孕育，還由此「出」，具備了「進／出」的空間移動。這篇文章的最後也處理了「妊娠概念的映射與延伸」問題，特別是60世代的女詩人

的妊娠書寫，有時不僅是母體生產本身，還映射到「創作」以及延伸至「無性生殖」等討論，有時也成為一種語言策略，意圖奪回生產譬喻的主導權。

〈肉身空間——論60世代的女詩人妊娠書寫〉主要處理的是60世代及之前的女詩人妊娠書寫，但囿於撰寫的時間與篇幅，事實上還有許多可以納入討論的詩作，尤其是70至80世代出生的女詩人，也陸續寫下妊娠詩。相較於60世代的零星書寫，她們可說是蔚為大觀、陣容龐大，例如2018年，潘家欣（1984- ）出版《負子獸》[1]，其卷一「孕期：蘑菇前」以「距預產期前」週次為題，〈十六週〉、〈五週〉、〈二週〉、〈一週〉書寫妊娠的身心感受。同年，潘家欣也編選了《媽媽+1》[2]，副標是「二十首絕望與希望的媽媽之歌」，序言特地指出這是「十位真正擁有媽媽身分的詩人」，[3]可見其欲強調「親身體驗」之「感知」。「感知」不是一種抽象思考，「何謂母親」以及「何謂妊娠」之喜悅困難都是「直接的」，進入「主體情境」的感受。這本詩選收錄從妊娠、哺乳乃至學步兒時期的育嬰，各種「成為母親」後的身心調適與失調，便排除了非經驗性的妊娠

---

[1] 潘家欣：《負子獸》（桃園：逗點文創結社，2018年）。
[2] 潘家欣編：《媽媽+1：二十首絕望與希望的媽媽之歌》（臺北：黑眼睛文化，2018年）。
[3] 同前註，潘家欣，〈序：妳也+1我也+1〉，頁序1。

想像。在這一段時期，女人可說是也跟隨嬰兒「蹣跚學步」，調整各種身心姿勢與觀看，重新面對世界的敞開。此外，游書珣（1982-）在2016年出版《站起來是瀑布，躺下來是魚兒冰塊》，其中一卷「懷孕系列」，共十四首詩。[4]

　　林蔚昀（1982-）在2018年也出版了《自己和不是自己的房間》[5]，她在2016年曾出版《我與我媽媽的寄生蟲》談了自己對母親的情感認同與獨立分割，而在《自己和不是自己的房間》則鎖定自己與下一代之間。書題的構思來自吳爾芙《自己的房間》，林蔚昀在這本詩集，更突顯自己身為母親的身分，而「空間」不斷被重點標體出來，她在序言說道「我可以同時是女人，是母親，是妻子，也是我自己，每一個都不完整，像是臨時搭建的組合屋，因此能容納／容忍彼此」。如此看待女性身體空間，看待自己身體成為一種「容器隱喻」，產生如前述觀看的分裂雙重的，身體既是自己的又不是自己的。這樣的觀看模式也同樣出現在女性散文書寫，例如李欣倫（1978-）在2016年出版散文集《以我為器》說「我的身體是個容器。這是我懷孕後開始意識到的……」。[6]而2015年馬尼尼為《我不是

---

[4] 游書珣：《站起來是瀑布，躺下來是魚兒冰塊》（臺北：斑馬線文庫，2016年）。

[5] 林蔚昀：《自己和不是自己的房間》（臺北：木馬文化，2018年）。

[6] 李欣倫：《以我為器》（臺北：木馬文化，2017年），頁34。

生來當母親的》，「那個時候，肌膚下的你一波一波地進到我
肉身裡」。[7]如此蓬勃發展的妊娠書寫，若對比李元貞在《女
性詩學》截至2000年的詩作所觀察「臺灣現代女詩人寫母愛的
詩較多，著墨於母體的書寫較少」，或許更能顯現女性身體感
知乃至書寫的「動態變遷」與「妊娠總體情境」的世代異同。

　　最後，所有的詮釋都是回到自身。世界因我的感知而向我
展開；而我也願意與這世界深深地相互觀看。尚未完成之事，
就待繼續探個清楚了。

─────────
[7]　馬尼尼為：《我不是生來當母親的》（臺北：小小書房，2015年），頁
　　20。

徵引書目

現代中文著作

也斯、〔日〕四方田犬彥著，韓燕麗譯：《守望香港：香港—— 東京往復書簡》，香港：牛津大學出版社，2013年。

也斯：《也斯的香港》，香港：三聯書店，2005年。

王良和編：《打開詩窗：香港詩人對談》，香港：匯智，2008年12月。

王建元：《現象詮釋學與中西雄渾觀》，臺北：東大，1992年8月。

王國瓔：《中國山水詩研究》，臺北：聯經出版社，1986年10月。

王德威：《後遺民寫作》，臺北：麥田，2007年。

王慧麟等編著：《本土論述年刊2009：香港的市民抗爭與殖民地秩序》，臺北：漫遊者文化，2010年。

王瑷玲編：《空間與文化場域：空間移動之文化詮釋》，臺北：漢學研究中心編印，2009年。

丘緩：《掉入頭皮屑的陷阱》，自印，1990年。

北島編：《今天‧香港十年》，香港：牛津大學，2007年。

伍蠡甫編：《山水與美學》，臺北：丹青圖書有限公司，1987年。

江文瑜編：《詩在女鯨擊浪時》，臺北：書林，1998年。

江文瑜：《男人的乳頭》，臺北：元尊，1999年。

余英時：《知識人與中國文化價值》，臺北：時報文化，2007年。

余德慧：《臨終心理與陪伴研究》，臺北：心靈工坊，2006年。

吳明益：《臺灣自然書寫的探索1980-2002以書寫解放自然book1》，
　　新北市：夏日，2012年。

吳瑩：《單人馬戲團》，花蓮：花蓮縣立文化中心，1994年。

李元貞：《女性詩學：臺灣現代女詩人集體研究（1951-2000）》，臺
　　北：女書文化，2000年。

李元貞編：《紅得發紫：臺灣現代女性詩選》，臺北：女書文化，
　　2000年。

李癸雲：《朦朧、清明與流動：論臺灣現代女性詩作中的女性主
　　體》，臺北：萬卷樓，2002年。

李欣倫：《以我為器》，臺北：木馬文化，2017年。

李翠瑛：《石室與漂木──洛夫詩歌論》，臺北：秀威經典，2015年。

周芬伶：《周芬伶精選集》，臺北：九歌，2002年。

周夢蝶：《十三朵白菊花》，臺北：洪範，2002年。

周夢蝶：《約會》，臺北：九歌，2002年。

周夢蝶著，曾進豐編：《有一種鳥或人》，臺北：INK印刻文學生活
　　雜誌，2009年。

周夢蝶著，曾進豐編：《孤獨國／還魂草／風耳樓逸稿》，臺北：
　　INK印刻文學生活雜誌，2009年。

宗白華：《美學的散步》，臺北：洪範，1981年。

宗白華：《美從何處尋》，臺北：駱駝，1987年。

林明德編：《臺灣現代詩經緯》，臺北：聯合文學，2001年。

林燿德：《一九四九以後》，臺北：爾雅，1986年。

林燿德：《銀碗盛雪》，臺北：洪範書局，1987年。

林蔚昀：《自己和不是自己的房間》，臺北：木馬文化，2018年。

封德屏編：《臺灣現代詩史》，臺北：文訊，1996年。

洛夫：《無岸之河》，臺北：大林文庫，1970年。

洛夫：《洛夫詩論選集》，臺北：開源，1977年。

洛夫：《漂木》，臺北：聯合文學，2001年。

洛夫：《如此歲月》，臺北：九歌，2013年。

洛夫：《唐詩解構》，臺北：遠景，2014年。

洛夫：《石室之死亡》，臺北：聯合文學，2016年。

洪淑苓編：《觀照與低迴：周夢蝶手稿、創作、宗教與藝術國際學術研討會論文集》，臺北：臺灣學生書局，2014年。

洪淑苓：《孤獨與美：臺灣現代詩九家論》，臺北：釀出版社，2016年。

奚密：《現當代詩文錄》，臺北：聯合文學，1998年。

馬尼尼為：《我不是生來當母親的》，臺北：小小書房，2015年。

徐復觀：《中國藝術精神》，臺北：臺灣學生，1966年。

翁文嫻：《創作的契機》，臺北：唐山出版社，1998年。

張京媛編：《後殖民理論與文化認同》，臺北：麥田，2007年。

張芳慈：《紅色漩渦》，臺北：女書文化，1999年。

張芳慈：《天光日》，臺北：臺北市文化局，2004年。

梁秉鈞：《雷聲與蟬鳴》，香港：點出版社，2009年。

梁秉鈞：《形象香港》，香港：香港大學，2012年。

梁秉鈞：《普羅旺斯的漢詩》，香港：牛津大學，2012年。

梁秉鈞：《蠅頭與鳥爪》，香港：香港kubrick，2012年。

梁秉鈞：《梁秉鈞五十年詩選》，臺北：臺大出版中心，2014年。

曹淑娟：《晚明性靈小品研究》，臺北：文津，1988年。

陳秀喜：《陳秀喜全集》，新竹，新竹市立文化中心，1997年。

陳政彥：《身體‧意識‧敘事：現代詩九家論》，臺北：秀威出版
　　社，2017年。

陳素怡編：《僭越的夜行：梁秉鈞新詩作品評論資料彙編 從《雷聲
　　與蟬鳴》（1978）到《普羅旺斯的漢詩》（2012）》，香港：點
　　出版社，2012年。

陳斐雯：《貓蚤札》，臺北：自立晚報，1988年。

陳智德：《地文誌：追憶香港地方與文學》，臺北：聯經，2013年。

陳芳明：《臺灣新文學史》，臺北：聯經，2011年。

陳傳興導演：《紀錄片他們在島嶼寫作文學大師系列電影：化城再來
　　人》，目宿媒體，2012年。

陳義芝：《從半裸到全開——臺灣戰後女詩人的性別意識》，臺北：
　　臺灣學生書局，1999年。

陳義芝：《風格的誕生：現代詩人專題論稿》，臺北：允晨文化，
　　2017年。

游書珣：《站起來是瀑布，躺下來是魚兒冰塊》，臺北：斑馬線文庫，
　　2016年。

曾進豐：《周夢蝶世紀詩選》，臺北：爾雅，2000年。

曾進豐編：《娑婆詩人周夢蝶》，臺北：九歌，2005年。

曾進豐編選：《臺灣現當代作家研究資料彙編：周夢蝶》，臺南：臺
　　南文學館，2012年。

費勇：《洛夫與中國現代詩》，臺北：東大，1994年。

須文蔚：《臺灣數位文學論》，臺北：二魚文化，2003年。

須文蔚編選：《臺灣現當代作家研究資料彙編：楊牧》，臺南：臺灣
　　文學館，2013年。

楊牧：《楊牧詩集Ⅰ》，臺北：洪範書店，1978年。

楊牧：《海岸七疊》，臺北：洪範書店，1980年。

楊牧：《一首詩的完成》，臺北：洪範書店，1989年。

楊牧：《楊牧詩集Ⅱ》，臺北：洪範書店，1995年。

楊牧：《失去的樂土》，臺北：洪範書店，2002年。

楊牧：《完整的寓言》，臺北：洪範書店，2010年。

楊牧：《楊牧詩集Ⅲ》，臺北：洪範書店，2010年。

葉朗：《中國美學史》，臺北：文津，1996年。

劉正忠，《現代漢詩的魔怪書寫》，臺北：臺灣學生書局，2010年。

劉正忠編選：《臺灣現當代作家研究資料彙編：洛夫》，臺南：臺灣
　　文學館，2013年。

劉永毅：《周夢蝶——詩壇苦行僧》，臺北：時報，1998年。

劉維瑛編：《張芳慈集》，臺南：臺灣文學館，2010年。

歐麗娟：《唐詩的樂園意識》，臺北：里仁書局，2000年。

鄭明娳：《當代文學氣象》，臺北：光復書局，1988年。

鄭毓瑜：《文本風景：自我與空間的相互定義》，臺北：麥田，
　　2005年。

鄭毓瑜：《引譬連類》，臺北：聯經，2012年。

鄭慧如：《身體詩論》（1970-1999‧臺灣）》，臺北：五南，2004年。

黎活仁、蕭蕭、羅文玲編：《雪中取火且鑄火為雪》，臺北：萬卷
　　樓，2010年。

潘家欣：《負子獸》，桃園：逗點文創結社，2018年。

潘家欣編：《媽媽+1：二十首絕望與希望的媽媽之歌》，臺北：黑眼
　　睛文化，2018年。

蕭蕭編：《詩魔的蛻變》，臺北：詩之華，1991年。

蕭蕭：《我夢周公周公夢蝶》，臺北：萬卷樓，2013年。

蕭蕭：《空間新詩學》，臺北：萬卷樓，2017年。

賴芳伶：《新詩典範的追求——以陳黎、路寒袖、楊牧為中心》，臺北；大安，2002年。

鍾玲：《現代中國繆司：臺灣女詩人作品析論》，臺北：聯經，1989年。

簡政珍：《放逐詩學》，臺北：聯合文學，2003年。

簡政珍導讀：《讀者反映閱讀法》，臺北：文建會，2010年。

顏艾琳：《她方》，臺北：聯經，2004年。

顏艾琳：《抽象的地圖》，臺北：臺北縣立文化中心，1994年。

顏艾琳：《骨皮肉》，臺北：時報，1997年。

顏艾琳編：《生於60年代兩岸詩選》，臺北：文訊雜誌社，2013年。

顏崑陽：〈論漢代文人「悲士不遇」的心靈模式〉，收於《漢代文學與思想學術研討會論文集》，臺北市：文史哲，1990年，頁209-253。

鯨向海：《通緝犯》，臺北縣：木馬文化，2002年8月。

鯨向海：《精神病院》，臺北：大塊文化，2006年3月。

鯨向海：《大雄》，臺北：麥田，城邦文化，2009年5月。

鯨向海：《A夢》，桃園：逗點文創結社，2015年。

鯨向海：《每天都在膨脹》，臺北：大塊文化，2018年5月。

顧燕翎、鄭至慧編：《女性主義經典》，臺北：女書文化，1999年。

龔卓君：《身體部署》，臺北：心靈工坊，2006年。

龔鵬程：《文學散步》，臺北：學生書局，2003年。

西文著作

〔日〕中村元著,徐復觀譯:《中國人之思維方法》修訂版,臺北:臺灣學生書局,1991年。

〔法〕加斯東・巴舍拉(Gaston Bachelard)著,龔卓軍、王靜慧譯:《空間詩學》,臺北:張老師文化,2003年8月。

〔法〕西蒙・波娃(Simone de Beauvoir)著,邱瑞鑾譯,《第二性》,臺北:貓頭鷹,2013年。

〔法〕塞杜(Certeau)著,林心如譯:《塞杜文選(一)——他種時間／城市／民族》,苗栗:桂冠,2009年4月。

〔法〕埃斯卡皮(Robert Escarpit)著,葉淑燕譯:《文學社會學》,臺北:遠流,1990年。

〔法〕梅洛龐蒂(Maurice Merleau-Ponty)著,龔卓軍譯:《眼與心》,臺北:典藏藝術家,2007年。

〔美〕卡勒(Jonathan Culler)著,李平譯:《文學理論》,紐約:牛津大學,1998年。

〔美〕宇文所安(Stephen Owen)著,鄭學勤譯:《追憶:中國古典文學中的往事再現》,臺北:聯經,2006年。

〔美〕亞倫・強森(Allan Johnson)著,成令方、王秀雲、游美惠、邱大昕、吳嘉苓翻譯:《性別打結:拆除父權違建》,臺北:群學,2008年。

〔美〕彼得・柏格(P. Berger)著,黃樹仁、劉雅靈譯:《社會學導引》(臺北:巨流圖書公司,1982年。

〔美〕段義孚（Yi-Fu Tuan）著，周尚義譯：《逃避主義：從恐懼到
　創造》二版，新北市：立緒，2014年。

〔美〕段義孚（Yi-Fu Tuan）著，王志標譯：《空間與地方》，北
　京：中國人民大學出版社，2017年。

〔美〕馬利雍・楊（Iris Marion Young）著，何定照譯，《像女孩那樣
　丟球》，臺北：商周，2007年。

〔美〕喬瑟夫・坎伯（Joseph Campbell）著，朱侃如譯：《神話》，
　北縣新店：立緒，1995年。

〔美〕雷可夫（George Lakoff）、詹森（Mark Jojnson）著，周世箴譯
　注：《我們賴以生存的譬喻》，臺北：聯經，2006年。

〔美〕蘭西・雀朵洛（Nancy J. Chodorow）著，張君玫譯：《母職的
　再生產：心理分析與性別社會學》，臺北：群學，2003年。

〔英〕克萊夫・貝爾（Clive Bell）著，周金環、馬鐘元合譯：《藝
　術》，臺北：商鼎文化出版社，1991年。

〔英〕麥克・布朗（Mike Crang）著，王志弘等人譯《文化地理
　學》，臺北：巨流，2003年。

〔德〕本雅明（Walter Benjamin）著，李偉、郭東編譯：《機械複製
　時代的藝術》，重慶：重慶出版社，2006年。

期刊論文

方群：〈來自深海的回音──淺論鯨向海的三首近作〉，《幼獅文藝》
　第552期（1999年12月），頁53。

余欣娟：〈進入詩人琉璃（流離）色宇宙的幾個N個關鍵詞：洛夫篇〉，《印刻文學生活誌》（關鍵字：詩魔、頓悟、禪、安身立命）第11卷第2期（2014年10月），頁76-79。

余欣娟：〈婦人之言何以為教？──以沈德潛《清詩別裁集》論「溫柔敦厚」〉，《華中學術》第11期，2015年6月，頁403-422。

余欣娟：〈現代詩的古典變異──以〈上邪〉概念結構為例〉，《儒學研究叢刊》第7期（2016年1月），頁129-145。

李癸雲：〈文學作為精神療癒之實踐──以臺灣女詩人葉紅為研究對象〉，《清華學報》第44期，（2014年6月），頁255-282。

李瑞騰：〈洛夫詩中的「古典詩」〉，《聯合文學》第5卷第2期（1988年12月），頁122-129。

李翠瑛：〈落差、矛盾與通俗──論鯨向海大眾化詩歌之表現風貌與網路寫作現象〉，《臺灣詩學學刊》第20期（2012年11月），頁177-205。

林文月：〈中國山水詩的特質〉，《中外文學》第3期第8卷（1975年1月），頁152-179。

林佩苓：〈隱／現於詩句中的同志意象──以鯨向海為觀察對象〉，《當代詩學》第5期，（2009年12月），頁5-30。

張惠娟：〈樂園神話與烏托邦──兼論中國烏托邦文學的認定問題〉，《中外文學》第15卷第3期（1986年8月），頁78-100。

游喚：〈論舊詩予新詩之啟示〉，《古典文學》第4期（1982年12月），頁137-157。

曾珍珍：〈生態楊牧──析論生態意象在楊牧詩歌中的運用〉，《中外文學》第31卷第8期（2003年1月），頁161-191。

須文蔚:〈在精神病院修練詩的祕術〉,《中國時報》B5版,2006年4月3日。

楊儒賓:〈「山水」是怎麼發現的——「玄化山水析論」〉,《臺大中文學報》第30期(2009年6月),頁209-254。

廖蔚卿:〈從文學現像與文學思想的關係談六朝「巧構形似之言」之詩〉,《中外文學》第3期第7卷(1974年12月),頁190-205。

劉韋佐:〈同志詩的閱讀與陰性書寫策略——以陳克華、鯨向海、孫梓評為例〉,《臺灣詩學學刊》第13期(2009年8月),頁209-238。

陳鵬翔:〈主題學研究與中國文學〉,《中外文學》第12期(1983年12月),頁66-89。

簡政珍:〈詩的慣性書寫與意象思維——評鯨向海的《精神病院》〉,《文訊》第250期(2006年8月),頁96-98。

顏崑陽:〈文學創作在文體規範下的經緯結構歷程關係〉,《文與哲》第22期(2013年6月),頁545-596。

報章電子資料

張默:〈感覺為經,史論為緯——李政乃詩論初探〉,《竹塹雜誌》電子檔 http://media.hcccb.gov.tw/manazine/2002-01-22/magazine1-4.htm(徵引日期:2013年10月22日)

學位論文

丁旭輝：《臺灣現代詩中的《莊子》接受與轉化》，國立中山大學中
　　國文學系博士論文，2009年。

鄭慧如：《現代詩的古典觀照：一九四九至一九八九・臺灣》，國立
　　政治大學中國語文學系博士論文，1995年。

秀威經典　　　　語言文學類　PG2308　新視野63

心遊萬仞
——現代詩的觀看模式與空間

作　　者/余欣娟
責任編輯/鄭伊庭
圖文排版/莊皓云
封面設計/蔡瑋筠

出版策劃/秀威經典
發 行 人/宋政坤
法律顧問/毛國樑　律師
印製發行/秀威資訊科技股份有限公司
　　　　　114台北市內湖區瑞光路76巷65號1樓
　　　　　電話：+886-2-2796-3638　傳真：+886-2-2796-1377
　　　　　http://www.showwe.com.tw
劃撥帳號/19563868　戶名：秀威資訊科技股份有限公司
　　　　　讀者服務信箱：service@showwe.com.tw
展售門市/國家書店（松江門市）
　　　　　104台北市中山區松江路209號1樓
　　　　　電話：+886-2-2518-0207　傳真：+886-2-2518-0778
網路訂購/秀威網路書店：https://store.showwe.tw
　　　　　國家網路書店：https://www.govbooks.com.tw

2019年7月　BOD一版
2020年5月　二版
定價：320元
版權所有　翻印必究
本書如有缺頁、破損或裝訂錯誤，請寄回更換

國家圖書館出版品預行編目

心遊萬仞：現代詩的觀看模式與空間 / 余欣娟著. -- 一
版. -- 臺北市：秀威經典, 2019.07
　　面；　公分. -- (語言文學類) (新視野)
BOD版
ISBN 978-986-97053-7-0(平裝)

1. 臺灣詩　2. 新詩　3. 詩評

863.21　　　　　　　　　　　　　　108011308

讀者回函卡

感謝您購買本書，為提升服務品質，請填妥以下資料，將讀者回函卡直接寄回或傳真本公司，收到您的寶貴意見後，我們會收藏記錄及檢討，謝謝！
如您需要了解本公司最新出版書目、購書優惠或企劃活動，歡迎您上網查詢或下載相關資料：http:// www.showwe.com.tw

您購買的書名：_____

出生日期：_____年_____月_____日

學歷：□高中 (含) 以下　　□大專　　□研究所 (含) 以上

職業：□製造業　□金融業　□資訊業　□軍警　□傳播業　□自由業
　　　□服務業　□公務員　□教職　　□學生　□家管　　□其它_____

購書地點：□網路書店　□實體書店　□書展　□郵購　□贈閱　□其他

您從何得知本書的消息？

　□網路書店　□實體書店　□網路搜尋　□電子報　□書訊　□雜誌

　□傳播媒體　□親友推薦　□網站推薦　□部落格　□其他_____

您對本書的評價：(請填代號　1.非常滿意　2.滿意　3.尚可　4.再改進)

　封面設計____　版面編排____　內容____　文／譯筆____　價格____

讀完書後您覺得：

　□很有收穫　□有收穫　□收穫不多　□沒收穫

對我們的建議：_____

_____

_____

_____

11466
台北市內湖區瑞光路 76 巷 65 號 1 樓

秀威資訊科技股份有限公司　　　收

BOD 數位出版事業部

....

（請沿線對折寄回，謝謝！）

姓　　名：_____　年齡：_____　性別：□女　□男

郵遞區號：□□□□□

地　　址：_____

聯絡電話：(日) _____　(夜) _____

E-mail：_____